G000163095

TOUT SUR MON FRÈRE

KARINE TUIL

Tout sur mon frère

ROMAN

GRASSET

A la mémoire de Jo Elkouby.

« Les objets, cela ne devrait pas *toucher,* puisque cela ne vit pas. On s'en sert, on les remet en place, on vit au milieu d'eux : ils sont utiles, rien de plus. Et moi, ils me touchent, c'est insupportable. J'ai peur d'entrer en contact avec eux tout comme s'ils étaient des bêtes vivantes. »

Jean-Paul SARTRE, *La Nausée.*

« Je ne peux pas vivre et je ne vis pas dans un monde de retenue, pas en tant qu'écrivain, en tout cas. Je préférerais, je t'assure — la vie en serait plus facile. Mais la retenue, malheureusement, n'est pas faite pour les romanciers. Pas plus que la honte. »

Philip ROTH, *Tromperie.*

Première partie

« C'est elle ou moi ! », tel fut l'ultimatum que ma maîtresse m'adressa avec la hargne d'une femme humiliée, me sommant de choisir sur-le-champ entre ma femme et elle car, dit-elle avec une pointe d'acrimonie dans la voix, « je ne veux plus vivre dans ton ombre, jusqu'à quand devrons-nous rester cachés, je ne supporte plus tes mensonges, tes absences, quand vas-tu quitter ta femme et comment faire — COMMENT FAIRE ? —, pour que tout soit comme avant, avant que tu ne lui fasses un enfant ? »

Près d'un an s'était écoulé depuis le jour où j'avais séduit Alicia dans la salle des marchés d'une grande banque d'affaires américaine — nous étions *traders*[*1] — sans me douter des bouleversements que cette liaison engendrerait dans ma vie. Je ne me méfiais pas des femmes, je les croyais inoffensives, je n'avais aucun instinct de possession, je n'étais pas exclusif, mes liaisons ne duraient que le temps d'une étreinte. Jusqu'à ma rencontre avec Alicia, j'anticipais les ultimatums, les ruptures, je ne trouvais de réconfort que dans l'instabilité, ce doux déséquilibre qui me donnait le sentiment de prendre des trains en

1. Voir glossaire des termes financiers en fin d'ouvrage.

marche quand d'autres les regardaient s'éloigner. Pendant des mois, j'avais mené une double vie entre une femme légitime qui me réclamait un enfant et une femme illégitime qui exigeait le mariage — une exigence commune : la possession. Pourquoi toutes les femmes que j'avais connues étaient-elles si peu imaginatives ? Tôt ou tard, elles m'avaient imposé ce discours que je condamnais aussi fermement que s'il s'agissait d'une déclaration violant les droits de l'homme. Je devenais mon propre avocat, l'observateur de mes déboires sentimentaux, le chef d'une armée de mots qui s'érigeait au seuil de mes lèvres contre un oppresseur aux visages multiples — c'était tantôt une femme discrète, aimante qui assumait avec dignité les désagréments d'une liaison clandestine, tantôt une intrigante qui revendiquait des droits sur ma personne quand, en proie à un désir souillé de jalousie, elle envisageait notre futur sous l'angle du mariage. Il ne me restait plus alors qu'à préparer ma défense, j'argumentais, je cherchais les termes d'un accord amiable, je précisais la répartition des territoires : Alicia chez elle ; moi, chez moi, selon des frontières que j'avais délimitées avec la précision d'un géographe doublé d'un diplomate rompu à l'art de la guerre — la porte de mon domicile étant la ligne de démarcation. Contre la colonisation amoureuse, je prônais le retrait unilatéral. Je savais qu'il me faudrait rompre avec Alicia dès qu'elle porterait atteinte à mes libertés. Et il était temps de fuir ! La mise sous tutelle était proche ! Des mois qu'Alicia me harcelait pour que je quitte ma femme ! Quinze appels par jour ! Je me retrouvais impliqué dans un imbroglio sentimental insoluble. J'étais un polygame contrarié, bientôt père. Ma femme était enceinte de trois mois — trois mois à supporter les effets secondaires de sa grossesse : ses nausées, ses vomissements, son anxiété, ses vertiges, ses angoisses existentielles, trois mois pendant lesquels je développais les mêmes symptômes, je ne me doutais pas qu'au contact d'une femme enceinte mon hypocondrie s'aggraverait au point de m'empêcher de vivre, sinon sereinement — il y avait des années que j'avais renoncé à toute forme d'équilibre moral, j'exerçais un métier annihilant : effacement des mesures temporelles, affaiblissement physique ; anéantissement de ma vie sentimentale —, du moins en gardant une certaine prise avec le monde réel. J'étais atteint de tous les maux, je subissais toutes les complications possibles y compris celles que ma double vie engendrait. Mais si à trente-deux ans je ne me sentais pas prêt à devenir père — il eût déjà fallu être capable d'assumer mon identité de fils —, je ne voulais pas pour autant renoncer à mon mariage.

— C'est elle ou moi ! répéta Alicia sur un ton proche du cri, comme si le fait de prononcer ces mots d'une voix forte et gutturale pouvait effrayer et chasser ceux qu'elle redoutait d'entendre.

— Chut ! murmurai-je sèchement en constatant avec effroi que des regards inquisiteurs étaient braqués sur nous.

J'avais réservé une table pour le déjeuner dans l'un des meilleurs restaurants de la capitale, le serveur venait de nous apporter nos entrées et Alicia avait choisi ce moment-là pour débrider sa rancœur. Sous l'effet de la colère, sa peau mate s'était empourprée, des striures rougeâtres serpentaient ses

pommettes comme des griffures ; ses paupières, sur-
montées de cils touffus et recouvertes d'un mascara
noir, clignaient si nerveusement que je crus un instant qu'un insecte y était pris au piège, coincé
quelque part entre sa rétine et le blanc de l'œil. Mais
non, dans ce battement de paupières incontrôlé, ce
n'était pas un moucheron qu'elle tentait d'expulser
mais des larmes qu'elle retenait tant bien que mal
comme s'il s'agissait d'enfants turbulents trépignant
au bord d'une falaise. Elle s'emportait vite, avec
l'exubérance des Méditerranéennes. Espagnole, originaire de Barcelone où elle avait grandi au sein d'une
famille de riches propriétaires terriens — son père
possédait plusieurs vignobles —, elle s'était installée
à Paris en 1991 pour y étudier les sciences économiques pendant un an dans le cadre d'un programme
d'échange universitaire européen. Et dix ans plus
tard, elle était toujours là. A l'issue de ses études,
elle avait obtenu un poste de *trader* à la Société
Générale où elle gérait les obligations d'Etat espagnoles, *les bonos,* puis avait été débauchée par l'une
des plus importantes banques d'affaires américaines,
Salomon Brothers, pour laquelle je travaillais depuis
plusieurs mois, au sein de la succursale française
située dans le VIIIe arrondissement, à Paris. C'est à
New York, où elle avait été mutée en juillet 2001,
que j'avais fait sa connaissance, dans une salle des
marchés effervescente, au lendemain des attentats du
World Trade Center. Je voyageais souvent à l'étranger et notamment à Londres, Bruxelles et New York
pour y rencontrer des clients, des confrères ou les
dirigeants de la banque qui m'employait. C'était Alicia qui m'avait accueillie avec cet enthousiasme si

16

communicatif qu'il lui suffisait d'agiter les mains dans le vide pour créer une source de chaleur et ainsi attirer ceux qui s'en approchaient. J'avais été subjugué par ses yeux noirs semblables à des olives luisantes que surlignaient d'épais sourcils. Ce n'était pas un de ces regards au seuil duquel on reste par crainte de s'y perdre. Non, ses yeux vous sommaient d'entrer, vous rassuraient, vous capturaient. Tout son être exhalait la confiance, la sérénité. Nulle ridule sur cette peau gorgée de soleil. Aucun stigmate d'une quelconque épreuve. Elle ressemblait à Claudia Cardinale, ce fut l'unique raison pour laquelle je la séduisis en violation du devoir de réserve que je m'étais pourtant imposé et qui m'interdisait d'avoir une liaison sur mon lieu de travail. Mais nous nous trouvions à New York à l'époque ; à l'étranger, j'assouplissais les règles strictes que j'avais édictées afin de préserver mon mariage :

Règle n° 1 : Ne jamais mêler les sentiments, le sexe et les affaires.

Règle n° 2 : Ne proférer aucune promesse engageant l'avenir afin de ne pas être confronté à un ultimatum.

Règle n° 3 : Ne pas transmettre son numéro de téléphone personnel.

Règle n° 4 : Ne pas communiquer d'informations d'ordre privé telles que l'existence d'un compte bancaire en Suisse, le récit d'événements liés à l'enfance, des détails sur la vie conjugale et en particulier les goûts, défauts et qualités de l'épouse. Cette règle avait son corollaire : l'interdiction de recevoir une femme dans l'antre conjugal.

Règle n° 5 : Rester discrets en toutes circonstances

et notamment, ne manifester aucun signe d'affection dans les lieux publics.

Règle n° 6 : Ne pas écrire de lettres.

Règle n° 7 : Régler les notes en espèces.

Règle n° 8 : Se montrer distant en cas de pression sentimentale trop forte et, d'une manière générale, ne pas exprimer de sentiments amoureux.

Règle n° 9 : Refuser catégoriquement de s'engager.

Règle n° 10 : Ne jamais avoir une liaison avec un écrivain.

Pour avoir un frère écrivain, je savais qu'il fallait s'en méfier. Un reptile était moins venimeux.

Force m'était de constater que j'avais enfreint la règle n° 2. Je me trouvais confronté à un dilemme qui n'impliquait pas un choix entre ma femme et ma maîtresse — les règles du jeu étaient sur ce point très claires, je ne divorcerais pas — mais plutôt une façon de formuler ce choix : comment annoncer à Alicia que je mettais un terme à notre relation sans sombrer dans le mélodrame — elle avait quitté New York pour me suivre à Paris et je l'abandonnais ! — sans souiller de nos mots cet amour. Car je l'avais aimée — oh ! six mois tout au plus ! — et nous en étions là à nous déchirer dans ce restaurant où j'avais eu la chance d'obtenir une table près de la baie vitrée.

Je regardais l'omelette aux truffes que j'avais commandée, les effluves fumants m'enivraient, la faim me tenaillait l'estomac, je n'avais rien mangé depuis la veille. L'omelette commençait à refroidir ; en quelques minutes, elle deviendrait pâteuse et indigeste. La voix d'Alicia retentissait dans ma tête avec la même intensité qu'un braillement de nourrisson, chaque son émis par sa bouche arc-boutait mes nerfs déjà mis à vif par les soubresauts du marché boursier. Je devinais les regards réprobateurs des autres clients, des membres du personnel, je les entendais chuchoter et je distinguais, à l'écho de leurs murmures, l'indignation, le mépris, je lisais sur leurs lèvres : QU'ILS SE TAISENT ! mais Alicia n'entendait rien, ne regardait que moi. Elle ne percevait pas son cri, ce cri rauque qui contenait toutes les frustrations que l'attente, le secret, la dissimulation que je lui imposais avaient fait naître en elle. Elle restait sourde à ses propres récriminations : « Tu veux savoir ce que je te reproche ? » Non, les critiques, je ne laissais à personne le soin de me les formuler, je me les adressais déjà à moi-même. Qui mieux que soi pour se juger ? Toutefois la salle d'un grand restaurant parisien ne me semblait être le lieu idéal ni pour l'autocritique ni pour la critique qu'Alicia commençait à scander : « Je te reproche de ne pas savoir choisir ! Je te reproche de fuir et d'être lâche ! Je te reproche de ne jamais être disponible ! » La disponibilité, c'était bien la dernière chose qu'une femme pouvait exiger de moi ! Je me levais chaque matin à six heures, je travaillais douze heures par jour, soit soixante heures par semaine, près de deux fois le temps réglementaire ; certes, en contrepartie de mon dévouement professionnel, la banque d'affaires qui m'employait me versait chaque année l'équivalent de deux cents fois le montant du SMIC : 200 000 euros de salaire fixe sans compter le bonus, la partie variable dépendante du chiffre d'affaires généré par le *trader,* qui pouvait s'élever à plus d'un million d'euros. A ces sommes que certains jugeront indécentes (c'est-à-dire ceux qui ne les gagneront jamais), il fallait ajouter les fruits de mes propres placements boursiers ainsi qu'une partie de ceux que je récoltais pour des personnes privées, des directeurs de clinique qui me confiaient le soin de spéculer sur les revenus, eux aussi indécents, que leur procurait la lucrative activité de chirurgie esthétique. Cela restait encore insuffisant pour assurer le loyer de mon appartement de 200 m² situé avenue Foch, le crédit de mes deux voitures : une Porsche et un 4×4 Mercedes ML toutes options ; les bijoux achetés chez les plus grands joailliers de la place Vendôme, les vêtements, les sacs et les chaussures griffés dont la longévité dépendait étroitement de la valeur marchande ; ainsi, la durée de vie d'un objet dont la valeur ne dépassait pas les 500 euros était égale à un mois ; entre 500 et 1 500 euros : deux à six mois. Au-delà de 1 500 euros, je pouvais espérer que ma femme garderait l'objet plus de six mois, ce barème étant sujet à des fluctuations non pas boursières mais hormonales, en période de crise morale (une semaine par mois entrecoupée de jours d'accalmie), Claire multipliait les achats, atteignait le seuil d'usure et de lassitude en quelques heures seulement. Son unique activité, qui l'occupait à plein temps, consistait à dépenser cet argent qui devenait, entre ses doigts, aussi volatil que le marché boursier. Pourtant, je ne lui reprochais rien : de nous deux, j'étais le plus prodigue. Les séjours avec crédit illimité dans les palaces de Saint-Tropez, de l'île Maurice, de Porto Cervo, les suites réservées au Plaza au nom de M. Celan — un nom d'emprunt —, la coke, les costumes sur mesure, les soins esthétiques, le mobilier

20

moderne, les souliers à plus de 1 500 cents euros la paire, tous les objets issus des progrès de la nouvelle technologie tels que téléphones portables, téléviseurs avec écran plasma, les réservations dans les meilleurs restaurants, sans oublier l'emploi à temps plein d'une gouvernante trilingue formée au Ritz. Mon mode de vie me ruinait plus que le fisc ! Mon désir était mon plus impitoyable percepteur. Si la vie est un pont, autant le traverser à bord d'une voiture avec chauffeur, équipée de doubles airbags, confortable et climatisée avec, à son côté, quelques femmes pour vous accompagner durant le voyage. Un flambeur ! Déjà, enfant, lorsque mes parents me demandaient ce que je voulais faire plus tard, je répondais d'un ton assuré, un sourire candide accroché à mes lèvres : « Je veux être riche. » Et devant ce cynisme enfantin — les enfants ne sont-ils pas les derniers provocateurs ? —, ils se contentaient de détourner leurs regards pour dissimuler leur mépris, oui ils me méprisaient lorsque j'anéantissais les fondements de leur éducation et que je balayais de mes mots les espoirs qu'ils avaient nourris pour moi : tu seras professeur, éditeur, écrivain, libraire, critique littéraire, je tâterai des livres comme d'autres palpent des corps ; l'argent n'était pas chez nous une valeur refuge. Mon père était traducteur — il traduisait des ouvrages de littérature hispanique en français — et ma mère, professeur de grec dans un lycée de la Seine-Saint-Denis. Nous habitions à Ivry, dans un appartement de 72 m^2, au sixième étage d'une de ces innombrables tours de banlieue, un lieu qu'ils avaient voulu sobre et dont je ne percevais que l'austérité. Avec quelle application ils s'attelaient à épurer le décor du moindre objet ! Ils avaient enduit les murs d'un crépi blanchâtre, accroché des rideaux couleur ivoire aux fenêtres, recouvert les canapés d'un drap de coton blanc, peint en laque blanche la table de la salle à manger et les quatre chaises. Les places nous avaient été attribuées unilatéralement et de façon immuable par mon père. Mes parents étaient placés aux deux extrémités de la table, ma mère s'asseyant sur la chaise qui jouxtait la porte de la cuisine tandis que mon frère Arno, de deux ans mon aîné, et moi restions face à face. Une rivalité imposée par un plan de table ! Aucune autre chaise n'avait été prévue, nous ne recevions jamais personne. Ici-bas régnait le silence. Aucune photographie de nous ne trônait sur les étagères, celui qui désirait se contempler devait se rendre dans la salle de bains où se trouvait, rangé dans le premier tiroir de la commode, sous un amoncellement de brosses à cheveux, peignes, rasoirs jetables, cotons-tiges, limes à ongles, l'unique miroir de la maison, un objet rectangulaire de 15 cm de haut sur 10 cm de large à peine plus grand qu'une ardoise et dans lequel seul un visage d'enfant pouvait se refléter ; un adulte n'y percevait qu'une image fragmentée : la moitié du visage, le front et la naissance du crâne, le menton et le cou, un œil peut-être, surmonté d'un sourcil broussailleux. Il eût fallu être fou pour oser entretenir le culte de l'apparence au sein d'une famille qui ne se souciait pas de l'image qu'elle renvoyait, une image pourtant effroyable que je m'étais moi-même représentée à l'âge de sept ans sur une feuille de papier. Ma mère m'avait tendu cette feuille à gros carreaux sans se douter que c'était une arme qu'elle confiait à mes mains d'enfant.

J'avais dessiné mon père, les cheveux roux hirsutes, affublé de ses lunettes rondes en écaille, vêtu de son éternelle veste en tweed marron élimée au col et reprisée aux coudes, de son pantalon de toile beige, de ses chemises blanches froissées — ni lui ni ma mère ne repassait nos vêtements ; ils considéraient que le temps consacré aux tâches ménagères était du temps volé à la littérature. Ainsi dépenaillé, il avait l'allure d'un épouvantail qui, à défaut d'effrayer les oiseaux, faisait fuir ses propres enfants. A grands traits, j'avais reproduit ses mâchoires saillantes, son nez busqué, son front si grand que je pensais qu'il s'agissait d'une déformation consécutive à l'accumulation de savoirs ; dès lors, je m'observais chaque matin dans le miroir, le cœur gonflé par la peur de me réveiller avec ce front immense, difforme. Je ne voulais pas ressembler à mon père. Non que j'eusse honte de lui — la honte n'était pas un sentiment qui m'animait — mais il ne s'était jamais érigé en modèle comme la plupart des pères. Il s'était contenté d'être lui-même : comment aurais-je pu l'admirer ? Sur la feuille de papier, à la gauche de mon père, j'avais dessiné ma mère, jolie blonde gracile, et reproduit fidèlement ses cheveux qu'elle roulait en chignon. Chaque matin, elle se coiffait, introduisait ses cheveux à l'intérieur d'un filet aux mailles serrées en les tirant vers l'arrière avec une telle vigueur que ses racines se décollaient, la peau de son visage se tendait comme le cuir d'un tambourin. Il me semblait alors que dans l'accomplissement de ce geste, c'étaient ses désirs qu'elle bridait, son corps entier qu'elle voilait. Une femme aux traits enfantins, ma mère, dont les lèvres fines ne s'entrouvraient que pour transmettre un enseignement. A son côté, mon frère Arno que j'avais esquissé avec un soin particulier. Sous mon feutre, ses cheveux roux piqués de blond avaient pris une coloration orangée, ses vêtements étaient bariolés, ses jambes paraissaient disproportionnées par rapport à la partie supérieure de son corps. Moi, enfin, le seul brun de la famille, « je t'ai trouvé dans la poubelle ! » plaisantait ma mère en désignant mes yeux charbonneux, mes cheveux d'un noir de jais — l'humour ne devrait pas être mis à la portée de toutes les bouches —, aussitôt reprise par mon frère : « elle t'a trouvé dans la poubelle ! » ironisait-il, me narguant de son regard clair, de ses cheveux rougeoyants, de sa peau enfin qui brasillait, et je les haïssais et je les maudissais. Quelle *belle* famille ! Sur le dessin, impossible de déceler la dépression de la mère — des mois qu'elle prenait des antidépresseurs, des anxiolytiques, des somnifères ! Des mois à répéter : « Je suis fatiguée », une phrase qui était devenue au fil du temps un tic de langage. La fatigue d'être soi ! —, la face cachée du père, celle qui ne me serait révélée que bien plus tard ; la rivalité qui m'opposait à mon frère. Je me distinguais d'eux, je me méfiais du mimétisme, je ne voulais pas leur ressembler et sur mon dessin, au feutre noir, je les affublais de chapeaux, je grimais leurs visages, je les couvrais de ridicule tandis que je me représentais souriant fièrement à moi-même et arborant déjà un pull-over sur lequel j'avais écrit en lettres noires le nom d'une grande marque de chaussures de sport. Le souci du détail, déjà ! Tous tenaient un livre dans la main. Sauf moi. Entre mes doigts, un œil averti aurait remarqué la présence d'une voiture de sport miniature, une Porsche noire, celle que j'achèterais vingt ans plus tard quand la Bourse offrait encore des perspectives d'enrichissement rapide. Etions-nous beaux ou laids ? J'étais bien incapable de le dire ; ce fut sans doute ce sens esthétique qui me fit le plus cruellement défaut. Seuls les livres s'exhibaient. Les couvertures aux couleurs bigarrées contrastaient avec le blanc — ce blanc neutre, oppressant —, qui semblait avoir été peint sur les murs, teint sur les tissus et les meubles dans le seul dessein de porter à notre vue ces milliers de livres, exposés dans la bibliothèque selon un ordre rigoureux, classés non pas par ordre alphabétique ou par genre mais par date d'acquisition, cette classification leur permettant de suivre l'évolution de leurs goûts littéraires. L'appartement entier servait d'écrin à ces objets de papier que mes parents chérissaient comme s'ils les avaient enfantés. D'eux ils se sentaient fiers, en dépit de la perversité et de la cruauté dont certains étaient empreints — des mots trempés dans le cyanure dont la lecture vous empoisonnait. L'asservissement de mes parents à l'égard de la littérature était tel qu'il leur avait ôté toute conscience morale. N'y avait-il pas une certaine indécence à faire cohabiter sur la même étagère le Journal de Drieu La Rochelle et celui de Stefan Zweig ? Autant accoupler sous la contrainte un violeur et sa victime. Non. Le jour où je leur en fis la remarque, ils se contentèrent de hausser les épaules. Nos parents ne nous interdisaient aucune lecture, l'impératif de protection des mineurs ployait sous le poids du *devoir* de lire. Oui, le droit avait cédé au devoir. Ces gens-là avaient le sens de la dévotion. La littérature était une religion, elle en possédait le caractère sacré, en imposait les rituels : la foi, les livres érigés au rang d'icônes, la quête presque mystique du Livre, celui qui, tel un messie, les mènerait vers la rédemption et le Paradis éternel, la lecture enfin, activité relevant du divin exercée plusieurs fois par jour avec un recueillement proche de la méditation. Lire, c'était prier ; moi, je n'avais aucune inclination pour la prière. A leur forme de mysticisme, j'opposais mon matérialisme. Aux livres, qui étaient les signes extérieurs de leur richesse intérieure, je préférais les montres, les chaussures de marque, les vêtements griffés. Les seuls revêtements en cuir qui suscitaient mon désir étaient ceux qui recouvraient les sièges des voitures de luxe et non pas les couvertures de livres anciens. J'enviais ceux dont les mères s'enveloppaient de matières nobles — soie, cachemire, fourrure —, s'aspergeaient de parfums précieux, se paraient de tissus diaprés, ouvrant à nos yeux adolescents une porte sur le rêve. Ma mère n'offrait que son visage nu comme un élève inculte tend une feuille vierge à son professeur ; aucun sentiment ne s'y ancrait, aucune couleur ne l'éclairait et même son regard, usé par des heures de lecture, avait perdu son éclat. Je cherchais dans ce visage un rictus, une ride qui, telle une ponctuation, lui conférerait une expression. A la naissance de ses yeux, deux « o » surpiqués de « c » et surmontés de parenthèses, se balançaient deux accents ; l'aigu, logé sous le cerne gauche, traduisait une certaine lassitude tandis que sous l'œil droit, l'accent grave portait les joies que ma mère avait connues : les plaisirs de lectures, les naissances, l'amour peut-être. Et son corps — ah ! ce petit corps qui ne m'avait jamais étreint ! —, il n'exhalait que l'odeur âcre des vieux livres. A l'âge de vingt ans, je renonçai définitivement à cette vie-là, je soupçonnai mes parents d'être de faux dévots : ils avaient choisi la fiction pour fuir leur réalité, avaient délibérément substitué la littérature à la vie tant ils se sentaient incapables d'accéder à la réalisation de leurs rêves, prisonniers de leur pitoyable existence, condamnés à errer à travers les pages noircies à défaut de pouvoir fouler des terres fertiles. Ils vivaient par procuration sans jamais douter du bien-fondé de leur engagement, ils résistaient aux appels de la société de consommation, refusaient le progrès technologique avec une détermination qui me laissait pantois. Nous n'avions pas de téléviseur, seulement un poste de radio qui ne diffusait que les informations et les émissions culturelles. Mon père n'autorisait qu'une entorse à ce mode de vie austère : la musique — oh ! pas n'importe laquelle ! les grands classiques de la chanson espagnole et notamment *Quizás, Quizás, Quizás* d'Osvaldo Farres, qu'il écoutait en boucle. Ils lisaient des livres, lisaient la presse, si seulement ils avaient pu lire dans mes pensées, ils auraient été horrifiés par l'ampleur du désastre ! Car je rejetais non seulement les livres mais aussi ce qu'ils incarnaient aux yeux de mes parents : l'accession à la connaissance, à la culture et, d'une certaine façon, l'expression suprême de la liberté. La légèreté, le choix d'une vie facile, artificielle et vénale s'imposèrent à moi comme les seuls palliatifs à la douleur qui m'étreignait lorsque j'envisageais mon avenir tel qu'ils l'avaient rêvé pour moi, un avenir austère, une vie lisse, sans aspérités. Claquemurés chez soi, les yeux rivés sur les pages d'un livre, que pouvait-il nous arriver ? Mes parents distinguaient deux catégories d'êtres humains : ceux qui aimaient lire et les autres, sans se soucier des clivages ethniques, raciaux, religieux, politiques ou économiques. Ils revisitaient la *Déclaration universelle des droits de l'homme* : Tous les hommes ont le droit de lire. Et au sein de cette démocratie à l'échelle familiale, nous étions libres d'affirmer nos goûts littéraires, de ne pas aimer un livre que la majorité avait encensé, libres de contrer l'opinion parentale, mais la jouissance de cette liberté-là nous isolait plus qu'elle ne nous unissait. Les livres se substituaient aux êtres. Ils étaient devenus les seuls membres de notre famille. J'avais été choyé, aimé mais moins intensément que les livres avaient pu l'être. Aux livres les regards, les caresses, les attentions. Mon père ne m'avait-il pas frappé — une fois, une seule fois — pour avoir renversé une tasse de chocolat chaud sur une édition originale ? J'avais taché les mots, le lait était devenu sang. Mon père me tança, arma sa main — pauvre inconscient ! —, il ne se doutait pas qu'en me flagellant, il animait la haine comme un enfant gratte sa plaie de ses ongles souillés sans crainte de l'infection qui déjà gagne ses membres. De cet épisode, je ne gardais aucune rancune, seulement une aversion pour les livres. De tous les objets, ils étaient les plus tranchants, je refusais de les manipuler. Je ne voyais dans cette passion littéraire qu'une absence d'ambition personnelle.

« Tu es un arriviste ! » m'invectivait mon père en substituant un mot à un autre, lui, le traducteur ! J'étais *ambitieux* et je ne désirais pas seulement accéder au sommet de l'échelle sociale, il me fallait aussi traîner mes parents (il n'y a pas de terme plus juste, ils refusaient de se hisser). Pour eux, je rêvais de luxe, d'opulence et de plaisirs ; je leur inventais un univers feutré où ils seraient servis et respectés. Pendant vingt ans, j'avais supporté le spectacle affligeant de leur vie servile sans me rebeller, sans oser critiquer leur façon de vivre. Et pourtant ! La rage qui me dévorait lorsque la sonnerie du téléphone retentissait ! C'était encore un élève qui exigeait un renseignement et ma mère venait à peine de rentrer après une heure passée — debout — dans les transports en commun. La douleur qui m'étreignait lorsque j'entendais son pas ; dans notre cité HLM, l'ascenseur était toujours en panne et ma mère grimpait les douze étages à pied, les bras chargés de paquets. Déchirante musique de ses talons élimés cognant la dalle poisseuse. Depuis ce jour, même le claquement de talons aiguilles contre un parquet lustré me déchiquette les tympans. Et ce dégoût qui me submergeait quand je franchissais la porte de notre immeuble ! J'inspirais les remugles d'urine et de sueur comme on inhale un gaz toxique sous la menace. Cette existence-là ? Un crève-cœur ! Mon idéal, c'était une vie affranchie des contingences matérielles, des contraintes sociales, des pressions amoureuses, une vie où mes parents découvriraient enfin d'autres plaisirs que la lecture. Sitôt que je commençai à travailler, je leur offris une voiture (ils n'acceptèrent qu'un modèle d'occasion), des biens mobiliers (deux tables de nuit en fer forgé sur lesquelles ils s'empressèrent d'entasser leurs livres de chevet, une sculpture de Pascale Loisel représentant un funambule et qu'ils utilisèrent pour caler leurs livres, et un canapé en velours pourpre que ma mère recouvrit aussitôt d'un drap blanc), avec l'espoir de les installer rapidement dans un appartement cossu du XVIe arrondissement. Ils refusèrent de déménager, préférant à la pierre de taille et aux fastes parisiens le béton et les façades souillées de graffitis de leur modeste banlieue. Ils se satisfaisaient de leur vie ; leur vie les satisfaisait. Ah ! le contentement ! cette annihilation du désir ! Extinction des feux ! Moi, je réclamais, j'exigeais ! Insatiable. Quelle consternation s'ancra dans leurs regards le jour où ils constatèrent que j'avais choisi une autre voie que la leur ! Des heures passées à lui lire l'*Iliade* et l'*Odyssée*, à lui faire réviser son grec ! un compte ouvert à la librairie pour qu'il puisse choisir lui-même ses livres ! des journées entières chez les bouquinistes et les librairies du Quartier latin en quête d'une édition originale pour *ça* ? Voilà ce que mes parents avaient pensé lorsque je leur avais annoncé mon intention d'étudier la finance. La richesse culturelle et intellectuelle primait sur toutes les autres. Sans aller jusqu'à vouloir ériger un nouvel ordre social ni même adhérer à une quelconque organisation politique de gauche, ils cultivaient le mépris de l'argent, s'insurgeaient contre le capitalisme : c'était une tyrannie insupportable. Là où ils ne percevaient que de l'intégrité, je décelais de l'intégrisme. Le désintéressement aussi avait ses puristes. Et moi je souhaitais rompre avec le schéma familial qui opposait la culture à l'argent : posséder ? Oui ! le savoir — cette chose immatérielle et précieuse. La connaissance ne comblait pas mon vide intérieur, je me trouvais au bord du précipice et mes parents, au lieu de me retenir, de m'empêcher de tomber, faisaient appel à la science — ils m'expliquaient la chute des corps —, à la philosophie — il faut que tu lises cet *Essai d'ontologie phénoménologique* — mais leur système de pensée justifiait mal les privations, la vie presque ascétique qu'ils s'imposaient — qu'ils *nous* imposaient ! — et à laquelle je préférais le luxe et les paillettes. Au sein de cette famille qui se prétendait incorruptible, insensible aux sirènes de l'argent, j'étais un renégat, j'avais trahi les idéaux familiaux. Je ne m'étais pourtant jamais senti aussi libre que depuis mes débuts professionnels. L'argent me procurait la seule vraie liberté, celle d'aller et venir, je laissais la liberté d'expression à mes parents. J'avais quitté leur appartement avec vue sur une tour de vingt étages pour m'installer dans une chambre de bonne avec vue sur cour située au dernier étage d'un immeuble du XVIe arrondissement, rue de Passy. Nous étions en 1990, je venais d'avoir vingt ans et, pour subvenir à mes besoins, j'avais organisé un petit trafic de sacs de marque. Quelques vendeurs employés dans des magasins de luxe achetaient pour leur compte des sacs qu'ils payaient 40 % moins cher que le prix de vente du magasin et les revendaient avec une réduction de 20 % par mon intermédiaire. Ce commerce clandestin me rapportait environ 6 000 francs par mois que j'affectais en partie au paiement de mon loyer. Claire, ma future femme, emménagea dans le même immeuble six ans plus tard, au troisième étage, dans un appartement qui appartenait à ses parents. Lorsque je fis sa connaissance, elle me précisa qu'elle était ambitieuse, rêvait d'une brillante carrière, ambitions qui se limitèrent en réalité à épouser un homme ambitieux, promis à une brillante carrière. Sa désinvolture, son insouciance, et jusqu'à ce regard artificiel qu'elle posait sur le monde, m'émouvaient. Elle ne s'intéressait guère plus au contexte politique ou économique international qu'à notre propre situation financière. Elle traversait la vie avec la même indolence qu'une petite fille jouant à la corde à sauter au milieu d'un charnier. Pour la première fois de ma vie, je rencontrais une femme qui ne jugeait pas mes actes, n'analysait pas mes pensées, n'intellectualisait pas nos rapports. Une étrangère qui ne parlait pas la langue de mes parents. A la question : « Aimez-vous Céline ? » que mon père lui avait posée lors de leur première rencontre, Claire avait répondu : « Céline ? J'adore ! Surtout depuis que l'on a nommé ce nouveau créateur à la direction artistique de la maison ! » Et mon père avait baissé les yeux, consterné mais par qui ? Des deux, qui était le plus ignorant ? Elle, qui n'avait jamais lu l'écrivain français ou lui dont le regard n'avait pas été captivé par les collections du créateur de mode ? La littérature avait son dialecte et ses codes, Claire ne les connaissait pas, il eût été impossible de les lui apprendre en quelques mois, non qu'elle en fût incapable, mais l'entretien de son corps et de son apparence l'occupait tant qu'elle ne pouvait *penser* à autre chose. Elle surveillait sa ligne avec la rigueur d'un juge d'application des peines ; au moindre écart, elle s'imposait des travaux forcés : cours de gymnastique avec un professeur particulier, régime draconien, séances quotidiennes de natation à la piscine du Ritz. A bien des égards, Claire était l'antithèse de ma mère : aussi vénale que ma mère était désintéressée, aussi intuitive que ma mère était cérébrale. Rien ne les rassemblait. Quant à Alicia, si elle se souciait de son apparence et dépensait une partie de son salaire chez les nouveaux créateurs, elle revendiquait toutefois son indépendance, n'exigeait aucune participation financière à notre amour, les bijoux la laissaient indifférente, les grands restaurants ne la tentaient pas plus que les bistrots. Avec quelle assurance, elle exigeait de régler une fois sur deux nos notes de restaurant (je refusais bien sûr, dans certaines circonstances, les femmes préfèrent qu'on leur dise « non ») ! Et voilà qu'elle se plaçait sous ma dépendance, elle devenait semblable aux autres, elle était sous l'emprise des mêmes obsessions : le désir de possession, l'accession à la propriété des corps et des sentiments, la tentation du mariage, ces édifices moraux auxquels toutes les femmes que j'avais connues avaient rêvé un jour ou l'autre de m'enchaîner. Nos rencontres — ces instants volés — étaient une source de conflits ponctuels qui deviendraient bientôt permanents. Elle monologuait : « tu dois prendre ta décision tout de suite, je ne peux plus attendre, pas à mon âge, je viens d'avoir trente ans, je veux avoir un enfant de toi » (ou d'un autre, ou de n'importe quel autre, ajoutai-je en mon for intérieur car passé trente ans, les femmes sont ainsi génétiquement programmées qu'elles sont prêtes à tout pour être mères), tandis que je procédais à l'inventaire des vêtements et objets dont elle s'était parée, c'était une activité à laquelle mes parents m'avaient initié malgré eux. Lorsqu'ils pénétraient pour la première fois dans un lieu et notamment chez de nouveaux amis, ils jugeaient leurs interlocuteurs au premier coup d'œil rien qu'en observant le contenu de leur bibliothèque. Ce jour-là, Alicia portait : un chemisier noir Yohji Yamamoto : 400 euros + une jupe droite Helmut Lang de couleur gris taupe : 350 euros + une paire de ballerines noires Marc Jacobs : 350 euros + une pochette rouge rebrodée de perles Jamin Puech : 300 euros + une paire de boucles d'oreilles de chez Chopard : 3 725 euros + une montre Hermès : 1 930 euros + une bague en or blanc Chaumet : 2 800 euros, auxquels s'ajoutaient des frais divers : des effluves d'Envy de Gucci : 75 euros ; un brushing Jacques Dessange : 50 euros ; un soin du visage avec pose de maquillage : 100 euros ; une manucure avec pose de vernis : 30 euros.

Valeur totale d'Alicia : 10 110 euros. Je ne comptabilisais pas les dessous (chaque ensemble dépassant les 150 euros), les injections de collagène et de toxine botulique, les séances de bronzage artificiel, les diverses opérations de chirurgie esthétique, le blanchiment des dents et tous les massages visant à éliminer la moindre cellule graisseuse.

— Pourquoi est-ce que tu me regardes comme ça ? demanda Alicia sur un ton qui trahissait son trouble.

Je haussai les épaules, je n'osai pas dénoncer la faute de goût qui m'avait révulsée dès qu'elle était entrée dans le restaurant : son sac à main et ses chaussures étaient dépareillés. La première chose que je remarquais en observant une femme, c'était ses chaussures. Si elles étaient fines, élégantes — et seulement à cette condition —, je relevais la tête et détaillais le galbe du corps, les traits du visage, la texture de la chevelure. Le jour où j'avais fait la connaissance d'Alicia, à New York, j'avais été subjugué par ses escarpins rouges aux talons si vertigineux qu'ils lui faisaient une démarche chaloupée. Depuis quelques semaines, elle ne portait que des ballerines plates, elle recherchait le « confort », cet ennemi du Beau. Les chaussures sont le reflet de l'état amoureux. Quand une femme troque une paire d'escarpins contre des chaussures confortables, il y a fort à parier qu'elle s'apprête à renoncer à l'instabilité de la passion pour la quiétude d'une vie maritale.

— Cela fait des mois que j'attends que tu prennes une décision ! s'écria Alicia d'une voix métallique.

— Ne pourrais-tu pas attendre encore jusqu'au dessert ? répliquai-je en reposant ma fourchette.

Elle se figea, le corps tendu, le dos si voûté qu'on eût dit qu'il ployait sous le poids d'un objet encombrant, un corps humain peut-être, le mien, lourd de chiffres. Elle se recroquevilla davantage, se mit à pleurer, doucement d'abord, puis de plus en plus fort, elle bafouait le pacte que nous avions conclu dès les prémices de notre relation : IL EST INTERDIT DE FAIRE LE MOINDRE SCANDALE EN PUBLIC, IL EST INTERDIT DE PLEURER EN PUBLIC, IL EST INTERDIT DE CRIER EN PUBLIC et que je ne pouvais lui rappeler sans prendre le risque de voir ses pleurs redoubler d'intensité. Je sentis mes muscles se raidir, mon œsophage s'enflammer. Je me concoctai un pansement gastrique en laissant fondre sous ma langue deux comprimés de Maalox puis je mangeai de la mie de pain pour adoucir l'amertume du médicament. Alicia tenait sa tête entre ses mains ; les larmes s'échouèrent sur son carpaccio de thon, se mélangèrent à la sauce. Sous la table, je posai ma main sur sa cuisse mais elle se dégagea avec une telle violence que son couteau tomba par terre dans un bruit sourd. Les clients du restaurant nous dévisageaient toujours — sans doute pensaient-ils comme moi qu'il était indécent de saler ainsi de ses larmes une entrée à 20 euros.

— Qu'est-ce qui a changé entre nous ? me demanda-t-elle.

— Tes désirs, répondis-je. Oui, ton désir sexuel est devenu désir de maternité.

Elle s'affaissa légèrement, prit ma main entre ses doigts, commença à la caresser, je la retirai brusquement, craignant de transgresser la règle n° 5.

— Il est si dégradant pour toi d'être surpris à mon côté ? dit-elle d'un ton las où résonnait l'écho de l'amertume.

— Tu sais très bien que je suis obligé d'être discret à cause de mon frère, répliquai-je. Il est peut-être là, derrière nous, à nous écouter...

— Tu es devenu complètement paranoïaque...

Oh non, je n'étais pas paranoïaque ! Mon frère Arno, de deux ans mon aîné, avait connu une petite notoriété, en publiant en janvier 2001 un roman intitulé *Le Tribunal conjugal* dans lequel il révélait les liaisons adultères que j'avais menées sans que quiconque — excepté lui — s'en aperçût. Il dévoilait tout : mon emploi du temps, le nom de mes compagnes, les lieux que je fréquentais. Il avait fait de moi le personnage central de son œuvre, il m'avait élu mais cette élection, à défaut de m'octroyer certains privilèges, me condamnait à l'exclusion et à l'exil — plus d'une fois, ma femme m'avait menacé de divorcer ; je la rassurais : il ne s'agit que d'une fiction ; je lui mentais : tout ce que mon frère décrit n'est que pure invention. A l'époque des faits, j'avais même porté plainte contre lui pour atteinte à la vie privée sans parvenir à obtenir la saisie du livre et son retrait des librairies. Aux termes d'une longue concertation, nous avions décidé qu'il soumettrait à mon avocat avant publication tout manuscrit me mettant explicitement en cause. Ainsi, lorsque quelques mois plus tard, il écrivit un livre intitulé *Le Tribunal familial* dans lequel il décrivait les réactions que la publication de son premier texte avait suscitées, je lui demandai de ne préciser que les initiales des noms des protagonistes. Mais cette lecture préalable à laquelle il avait consenti — moins pour éviter des poursuites juridiques que pour me lier à lui, pour me contraindre à le lire — , cette lecture imposée était une épreuve redoutable et j'attendais la parution de son prochain roman avec une angoisse que je dissimulais mal. Car entre-temps j'avais fait la connaissance d'Alicia et je m'étais installé plus ou moins consciemment dans une forme de double vie que mon frère ne manquerait pas de dévoiler s'il en prenait connaissance. Oh ! il ne porterait pas de jugement moral ! — il était bien trop amoral lui-même pour s'y risquer — mais il me ridiculiserait, il m'humilierait ainsi qu'il l'avait déjà fait — par jalousie ? dénigrement ? sans raison ? —, contribuant à la lente désagrégation de mon couple. Quelle perfidie ! Il puisait dans ma vie privée comme dans un compte en banque sans se soucier des conséquences. Car c'était moi l'éternel débiteur ! C'était moi qui devais rendre des comptes devant ce tribunal conjugal qu'il avait inventé de toutes pièces pour me nuire, moi qui subissais l'opprobre, qui payais les pénalités ! Et elles étaient lourdes ! Qui était responsable ? Lui qui écrivait ou moi qui lui inspirais ses écrits délictueux ? C'était bien moi qui les séduisais, ces femmes ! Oh non, je ne doutais pas qu'il pût être derrière nous dans ce restaurant, à nous observer, tapi dans l'ombre.

— Je sais de quoi est capable mon frère, répliquai-je. Et puis cesse de t'apitoyer sur...

Mais je n'eus pas le temps de finir ma phrase, je saignai du nez : une plaie qui s'abattait quotidiennement sur moi. Le liquide rougeâtre gicla sur mon verre, tacha la nappe et mes vêtements.

— Un mouchoir, vite ! m'écriai-je en pressant mon index contre ma narine.

Dans sa précipitation, Alicia me tendit sa serviette de table. Machinalement, je la saisis et la plaquai contre ma narine. Au regard noir que me lança le serveur, à l'empressement avec lequel il se précipita vers moi pour m'aider à me lever, je compris que je n'obtiendrais plus de réservation dans ce restaurant et cette certitude, plus que mon état, me plongeait dans une confusion indescriptible. A la hâte, je traversai le restaurant, descendis quelques marches jusqu'aux toilettes. Je rinçai mon visage à grande eau avant de glisser un morceau de papier toilette roulé en boule à l'intérieur de ma narine droite. Je frottai énergiquement les taches de sang qui maculaient ma chemise bleu pâle : sans succès ; je tentai de me raisonner, de minimiser l'importance de cet incident sans toutefois y parvenir, aucun argument ne venait à bout des tourments que cette simple tache sur ma chemise avait fait naître en moi. A cet instant, je ne pensais plus à

Alicia mais à cette tache qui souillait mes vêtements comme une disgrâce physique ; à la honte aussi de m'être donné en spectacle. Le sang coulait à flots ; depuis quelques mois, je saignais presque chaque jour, généralement le matin au réveil, mes vaisseaux capillaires, fragilisés par la cocaïne que j'inhalais quotidiennement, éclataient comme des obus. Je les avais fait cautériser à deux reprises, mais sous l'effet abrasif de la poudre, ils se fissuraient. En me lavant les mains, j'observai mon visage dans le miroir : des cernes noirs s'étaient logés sous mes yeux malgré les crèmes anticernes que j'appliquais matin et soir. Même le fond de teint beige que j'étalais sur les zones sombres ne parvenait pas à les masquer totalement. Je pinçai mes joues pour les colorer : mon teint hâve, presque cadavérique reflétait ma fatigue, ma lassitude et l'anémie que ces hémorragies intempestives provoquaient ; seule une séance d'U.V. me donnerait figure humaine. Je retirai délicatement le papier de mon orifice nasal, je reniflai pour vérifier qu'aucun caillot de sang n'obstruait la narine, ce qui aurait eu pour effet de faire jaillir de nouveaux flots. J'imbibai d'eau une serviette en papier que je passai sur mon visage, insistant sur le nez. Puis je retournai dans la salle du restaurant où je retrouvai Alicia dans l'état de prostration où je l'avais laissée. D'un revers de la main, je repoussai la mèche de cheveux bruns qui glissait sur ses yeux, son regard apparut comme s'il surgissait d'un champ de ruines, hagard, apeuré mais exprimant encore un vif désir. La jalousie — car c'était ainsi qu'il fallait nommer cette obsession maladive qui s'était emparée d'elle depuis que je lui avais annoncé que ma femme attendait un

enfant — la minait de l'intérieur, elle vociférait :
« Le présent ! tu n'as que ce mot-là à la bouche ; je
te parle de l'avenir, de notre avenir, mais non, tu vis
au jour le jour, tu t'accroches à ta femme au seul
motif qu'elle porte ton enfant et... » Elle expira avant
d'avoir pu finir sa phrase. Elle se projetait dans
l'avenir quand je ne souhaitais que *profiter* de l'instant présent et, en cet instant, je gaspillais mon
temps, mon énergie, je *perdais*. Sa bouche était une
terre ennemie où coulaient la rancœur et le fiel. Je
détaillais chacun de ses mouvements — la contrac-
tion de ses mâchoires, la crispation de ses lèvres —,
tandis qu'elle armait ses mots ; les paroles roulaient,
ineptes, nimbées de ce bel accent espagnol qui avait
rythmé mon enfance : « Ta femme, je pouvais m'en
méfier, lutter contre elle à armes égales, ta femme
était une rivale *possible*, mais maintenant qu'elle est
enceinte... Quels sentiments éveille-t-elle en toi que
je ne suis plus capable de susciter ? Je veux le
savoir ! » Rien. Elle ne saurait rien de l'émotion qui
montait en moi lorsque je contemplais le corps de
ma femme : la courbe arrondie de son ventre, les vei-
nules bleutées qui striaient sa peau, la ligne noirâtre
qui se dessinait entre son pubis et son nombril telle
une frontière naturelle séparant deux terres, l'une stérile, dévastée, l'autre, féconde. Rien de l'extase dans
laquelle mon esprit se vautrait, impatient de connaître
les joies de la paternité. Depuis que Claire était
enceinte, je m'étais dépouillé de tout sentiment pour
Alicia.

— Tu ne comprends pas ? Je veux vivre avec toi,
ânonna Alicia en gardant les yeux baissés, décou-
vrant des arcades sourcilières dorées et des paupières

peintes en gris qui clignaient nerveusement comme si un papillon butinait sur son visage.

Pourquoi envisager de passer notre vie ensemble quand une heure tous les deux jours suffit amplement à notre bonheur ? songeai-je, mais je me gardai bien de le lui dire. Je posai ma main sur sa joue, elle releva son menton, écarquilla les yeux — le papillon s'était envolé, laissant derrière lui un visage chiffonné par les nuits d'insomnie passées à m'attendre.

— Allons, sois raisonnable, murmurai-je en lui tapotant la nuque du bout des doigts comme je l'aurais fait avec un chien.

Sous mes caresses, elle branla doucement la tête, je crus que je l'avais apaisée, que je pourrais enfin consommer mon omelette bien qu'elle fût froide, quand soudain elle lâcha sur un ton laconique :

— Si tu ne quittes pas ta femme, je rentre à Barcelone.

— Tu gagnes plus de 500 000 euros par an à Paris, je ne vois pas ce que tu trouverais de mieux à Barcelone.

Elle repoussa ma main en me lançant un regard assassin.

— Il n'y a pas que l'argent.

Emise par un *trader*, cette remarque paraissait aussi cynique qu'une apologie de la fidélité prônée par un libertin.

— Tu as raison, répliquai-je, il n'y a pas que l'argent, il y a aussi le sexe.

— Cesse de tout tourner en dérision.

— Que veux-tu que je te dise ? Que je te supplie de rester à Paris ? Tu souhaites que je divorce, que je renonce à mon enfant ? Je ne t'ai jamais rien promis de la sorte tout simplement parce que c'est impossible !

Elle se remit à pleurer. Mes deux portables — celui que je destinais aux appels professionnels et celui dont seule ma femme possédait le numéro — se mirent à vibrer ; je répondis aussitôt. A présent que mon admission dans ce restaurant était compromise, je n'hésitais pas à en transgresser les codes. Alicia boudait, impatiente, exigeante, indifférente à mon sort. Mes mains étaient moites, mon front devait luire et l'idée de n'offrir qu'une image altérée de moi-même accentuait ma gêne ; je passai discrètement ma main sur mon visage. Le stress accélérait le débit de mes glandes sudoripares, mon rythme cardiaque, ma pression artérielle, vampirisait mes forces physiques, ulcérait mon estomac et me faisait passer d'une joie pathologique à une tristesse morbide, à moins que ces derniers symptômes ne soient dus qu'à l'absorption de drogues dures ou douces, illégales ou prescrites sur ordonnance, des pastilles à sucer, de la poudre, des gélules, des cachets sans lesquels je ne pouvais continuer à me lever à six heures du matin, à mener des vies parallèles, à assurer les frais d'entretien et de fonctionnement de la geôle que j'avais fait bâtir. Je vivais dans un état de tension perpétuelle, j'étais anxieux et hypocondriaque. Les ulcères d'estomac, les palpitations cardiaques, les dépressions chroniques, les troubles intestinaux ne représentaient qu'une partie des maladies que je soignais quotidiennement sous la houlette de spécialistes en tout genre : du gastro-entérologue au cardiologue en passant par le psychanalyste, j'étais sans aucun doute le patient le plus rentable de Paris.

« Tu crèveras de ce métier ! » m'avait lancé ma femme lors de ma récente hospitalisation pour un ulcère récalcitrant. Oui mais je crèverai riche. C'était bien pour elle que je travaillais autant ! Ce train de vie, nous l'avions voulu.

« Que me proposes-tu ? De changer de métier ? m'étais-je écrié. Mon salaire sera divisé par dix, tu devras renoncer à ton appartement, aux voyages, à tes goûts de luxe ! Certes, en contrepartie, je serai plus présent. Est-ce que c'est vraiment ce que tu souhaites ? » Pour toute réponse, elle se contenta de baisser les yeux sur la superbe paire de bottes qu'elle avait payée une fortune : non, elle ne renoncerait pas à cela. De la lumière du jour, je ne percevais que les pâles rayons de l'aube et les éclats orangés des fins d'après-midi. Pourtant, je ne me plaignais pas : je menais la vie que j'avais choisie, une vie qui ressemblait à une partie de roulette. Un jour, le roi du monde ; le lendemain, un rebut de la société. Joueur, il fallait l'être pour jongler quotidiennement avec des millions d'euros qui ne m'appartenaient pas. J'aimais cette vie-là. Non, c'étaient mes échecs sentimentaux qui me minaient — mon incapacité à juguler ma crise conjugale, à contrôler ma prise de risques.

— Je n'en peux plus ! criait Alicia. Il faut que tu prennes une décision maintenant, je ne veux plus continuer comme ça ! Je suis en train de me détruire. Cela fait deux semaines que je ne dors plus, mon *P&L** est complètement *down*. Encore une erreur sur mes positions et je suis virée ! Si tu ne parles pas à ta femme, c'est moi qui lui parlerai et je t'assure que je n'attendrai pas que ton enfant naisse pour tout lui dire !

Ce fut pour mettre un terme à cette logorrhée et à cette exhibition lacrymale que je murmurai en violation de toutes mes règles de conduite :

— Tu veux être ma femme ?

Alicia sursauta, ses lèvres étouffèrent un dernier sanglot, elle redressa son dos, bomba son torse.

— Comment ? demanda-t-elle, feignant de ne pas avoir entendu ma phrase.

— Tu souhaites mener la vie de ma femme, n'est-ce pas ?

Alicia lâcha un oui inaudible en opinant de la tête.

— Très bien, répliquai-je. Ma femme part ce soir à Quiberon avec une amie, tu t'installeras chez moi.

— Tu es sérieux ? demanda-t-elle.

Son visage s'était empourpré sous l'effet conjugué de l'émotion et de la surprise.

— Est-ce que j'ai l'air de plaisanter ?

Elle se mit à rire, c'était un gloussement délicieux semblable au rire d'un enfant auquel on a cédé trop vite, encore inconsciente du sort que je lui réservais.

Il était près de quinze heures quand je déposai Alicia à son bureau, non sans lui avoir rappelé que je l'attendais chez moi le soir même, puisque nous avions décidé qu'elle se substituerait pour un temps défini (trois jours) à ma femme. Elle m'embrassa longuement en me mordillant les joues et en me léchant le cou à la façon d'un chat, ma voiture était le seul lieu où je lui autorisais ce genre de débordement, mes vitres étaient teintées et nous nous étreignions sans que quiconque pût nous surprendre. J'étais extrêmement prudent. En dépit de mes déboires conjugaux, je n'avais jamais envisagé sérieusement de quitter ma femme et si je n'affirmais pas que je l'aimais avec la même intensité qu'aux prémices de notre mariage, je ne qualifiais pas pour autant notre histoire d'« échec ». A bien des égards, notre union était une réussite. Pour nous marier, nous avions non seulement bravé mes parents qui la rejetaient parce qu'elle n'était pas de leur milieu culturel, mais aussi les siens, et en particulier sa mère qui émettait les mêmes objections à la différence qu'il ne s'agissait plus de clivages culturels mais sociaux. Ils défendaient deux modèles de réussite distincts. Ma belle-mère était une petite-bourgeoise autoritaire avec laquelle je n'échangeais que des propos acerbes et ironiques : des pointes, des piques, des joutes oratoires qui démentaient le proverbe « Qui aime bien châtie bien ». Nous ne nous aimions pas et nous nous le faisions savoir sans emprunter les chemins escarpés du respect et de la convention. Un accès direct à la vérité ! Elle ne m'avait jamais accepté, j'avais quelque chose en moins que les autres, deux lettres, une particule. Un « d » associé à un « e » devenait sous son impulsion la syllabe la plus désirée — celle qui contre toute attente n'était pas monnayable. Elle me tendait toujours une main molle en crispant la lèvre supérieure en signe de dédain ; ses yeux exprimaient son questionnement : « Pourquoi ma fille s'est-elle entichée de cet homme ? Qu'est-ce qu'elle lui trouve ? » J'avais du charme sans être un esthète, je ressemblais plus à John Turturro qu'à Robert Redford ; je ne connaissais pas tous les codes de la bonne société mais j'étais sûr de moi et cette assurance développait chez mes interlocuteurs une étrange fascination ; ils se plaçaient d'eux-mêmes en position d'infériorité, ils descendaient d'une marche sans que j'aie à les pousser dans les escaliers. Ce n'était pas un rapport de forces, simplement une tentative de susciter l'admiration, le désir, je souhaitais être au centre de toutes les convoitises. Ma séduction passait par l'affirmation de mes désirs — et ils étaient nombreux. La mère de Claire était la seule femme qui me résistait ; je lui avais imposé ma présence comme on brandit un livre obscène sous le regard scandalisé de la censure. Et pourtant, même amoureux, je n'avais pas su rester fidèle. S'il m'était fréquemment arrivé de tromper ma femme, c'était

46

moins par lassitude, par habitude, que par goût de la conquête. J'aimais l'incertitude qui précède l'amour, cet instant de flottement qui ne préfigure rien, ne cristallise aucune promesse. Ces entorses à la vie conjugale que je qualifiais de petits arrangements avec le mariage me paraissaient moins dommageables qu'une séparation pure et simple. Et je préférais encore mener deux vies sentimentales de front au risque de briser la plus récente, plutôt que de renoncer à un mariage qui parvenait encore — quoique très rarement — à me satisfaire. Je découvrais que les liens juridiques étaient aussi résistants que les liens amoureux. Il suffisait pour m'en convaincre d'observer mes collègues de bureau : si l'infidélité s'apparentait à un sport national au sein des salles de marchés — il nous fallait trouver un exutoire aux pressions que nous subissions —, les divorces n'en étaient pas pour autant une pratique courante. Aucun de nous n'aurait sacrifié le peu de stabilité qu'il lui restait contre une hypothétique histoire d'amour.

« A ce soir ! » s'exclama Alicia en sortant de ma voiture. J'ouvris la vitre pour lui adresser un petit signe de la main ; dès qu'elle disparut de mon champ de vision, je téléphonai à ma femme. Je n'éprouvais aucune difficulté à passer d'une femme à une autre, j'oubliais la précédente à la minute où la suivante apparaissait, ma vie était compartimentée. Il y avait ma femme d'un côté, Alicia de l'autre ; je laissais des dizaines de cases vides pour les liaisons à venir — je savais aussi être prévoyant. Lorsque Claire me répondit, je devinai au ton chuchotant de sa voix, qu'elle devait se trouver dans un magasin.

— Où es-tu ? lui demandai-je.

— Chez Bonpoint, j'achète des vêtements pour le bébé, répliqua-t-elle d'une voix à peine audible.

— Tu n'es même pas enceinte de quatre mois, tu ne crois pas qu'il est un peu tôt pour acheter des vêtements ?

Non, il n'était jamais trop tôt pour initier un fœtus aux lois du consumérisme. S'il lui fallait neuf mois pour concevoir un enfant, il lui en faudrait huit pour lui constituer une garde-robe ! Et puisqu'il doit dégurgiter, autant qu'il le fasse sur un bavoir griffé Dior ! Une poupée, voilà ce dont ma femme rêvait ! Une poupée à vêtir, à coiffer, à exhiber et non pas un enfant — un vrai, qui braille quand il a faim ou mouille ses couches.

— Tu n'as pas oublié que je pars ce soir ? murmura Claire.

— Non, je suis triste, répliquai-je, en contemplant la conductrice du superbe coupé Mercedes — le dernier modèle — qui tentait de dépasser ma Porsche depuis quelques minutes.

C'était une jolie brune à la peau laiteuse avec un regard pétillant qui en disait long sur sa capacité à désirer. De la distance à laquelle elle se trouvait, je ne discernais ni la couleur de ses yeux ni celle de ses vêtements, mais je voyais qu'elle me souriait et, instantanément, je lui rendis son sourire tandis que j'expliquais à ma femme à quel point j'étais désespéré à l'idée de ne pas passer la soirée avec elle.

— Je te verrai avant de partir, tu ne vas pas rentrer trop tard ?

— Non, à ce soir, répondis-je.

Puis je raccrochai. Au même moment, la conductrice de la Mercedes accéléra si brutalement que ses pneus crissèrent. Elle me devança et je vis que sa voiture était immatriculée dans la principauté monégasque.

« C'était la femme de ma vie ! » songeai-je en la regardant s'éloigner. Et aussitôt, j'allumai mon poste de radio et poussai à fond le volume. Je me sentais presque serein — la quiétude n'était pas un état normal, surtout au mois de septembre, période de l'année que je redoutais le plus, la chute de mes cheveux progressant au rythme de celle des feuilles sans espoir de repousse —, un état qui fut de courte durée, j'eus à peine franchi la porte de mon bureau que je devinai, à la mine défaite de l'un de mes collègues, que de nouveaux problèmes se profilaient : Un nouveau scandale financier ? Des comptes falsifiés ? « Le *boss* t'attend », m'annonça-t-il d'une voix faussement grave dont l'intonation trahissait la jubilation. Rien qu'en observant le froncement de ses sourcils, je compris qu'une mesure de sanction allait m'être appliquée. Et je craignais le pire ! Je me dirigeai vers le bureau du directeur situé au fond du couloir. Paul Serre, le directeur de la banque, un homme âgé d'une cinquantaine d'années, au visage buriné été comme hiver, m'accueillit froidement. Il me fit signe de m'asseoir sur l'une des chaises alignées devant lui puis sortit un cigare de la poche de sa veste sans daigner m'en proposer un. Tandis qu'il l'humidifiait du bout des lèvres comme s'il s'agissait d'une parcelle de peau féminine, je remarquai qu'il louchait et que sa peau était criblée de cicatrices d'acné. Il avait rasé sa barbe pour rajeunir son visage et, ironie du sort, avait dévoilé les séquelles de sa juvénilité. Sur son bureau en verre dépoli, il avait disposé diverses photographies encadrées de sa femme et de leurs deux filles. Aucune photo de sa maîtresse, songeai-je, la standardiste du groupe, deux ans d'ancienneté, un physique avenant et une disponibilité à toute épreuve. Il était indubitable que Serre préférait l'avoir en chair et en os *sous* son bureau que de posséder son image figée dans un cadre négligemment posé *sur* son bureau. Il m'expliqua d'une voix sépulcrale que le service chargé du contrôle des risques l'avait alerté sur mes prises de risque « sinon inconsidérées, du moins nettement supérieures à celles qui étaient autorisées ». Il y eut un long silence pendant lequel je le regardai, ébahi, incapable de me justifier. J'avais pris de mauvaises positions que j'avais tenté de dissimuler. C'était sous-estimer les compétences du personnel employé au bureau de contrôle que de penser un seul instant qu'il ne remarquerait pas mes erreurs stratégiques.

— C'est la deuxième fois que le *compliance officer** et le *risk management** me signalent que tu as dépassé tes limites. Il faut couper tes positions.

— Mais pourquoi ? Mon *P&L* est *up* ce mois-ci.

— Ecoute, on a refait ton *mark to market** ; tu es *down* de deux millions de dollars. Au prochain écart, je te licencie pour faute grave, ce qui implique que non seulement tu devrais quitter les lieux sur-le-champ, mais que tu n'obtiendrais aucune indemnité de licenciement.

— Cela ne se reproduira pas, répliquai-je d'une voix sirupeuse tandis qu'un flot d'injures se déversait dans ma tête.

— Tu es l'un des meilleurs éléments de cette

banque ; je n'aimerais pas être contraint de prendre une mesure de sanction à ton encontre.

C'était plus que je n'en pouvais supporter. Et pourtant, je me retins d'émettre le moindre commentaire. Depuis quelques mois, la Bourse subissait une crise grave que les attentats du 11 septembre et la fragilité du contexte politique et économique international n'avaient fait que renforcer. La frilosité des investisseurs, la méfiance des petits porteurs et les nombreux scandales financiers — plusieurs sociétés ayant maquillé leurs comptes pour éviter le dépôt de bilan — avaient engendré une déstabilisation générale des marchés boursiers qui se caractérisait par une volatilité des cours. Les banques d'affaires perdaient de l'argent, licenciaient une partie de leurs effectifs, je savais que je ne retrouverais pas facilement un tel poste. Aussi, après avoir remercié le directeur pour sa « clémence » (la seule prononciation de ce mot m'avait plongé dans un état d'écœurement proche de la nausée), je quittai son bureau en vociférant intérieurement contre la hiérarchie.

— Alors, me demanda le collègue qui m'avait accueilli, pourquoi voulait-il te voir ?

La curiosité le dévorait, le léger duvet qui assombrissait ses lèvres frémissait. Je lui aurais craché au visage si je n'avais craint de salir ma nouvelle cravate en soie noire, un modèle fabriqué en série limitée et importé d'Italie. Un sale type qui roulait depuis quelques mois dans une Ferrari rouge achetée grâce à une spéculation sauvage réalisée le 11 septembre. Ce jour-là, alors que nous avions tous quitté nos postes pour regarder sur les écrans de télévision — avec horreur et consternation — les images du drame qui se déroulait en direct sous nos yeux, il était resté assis devant son ordinateur, à tenter de tirer profit de la situation. Pendant que des gens se jetaient des tours en flammes, il avait trouvé en lui la force de passer divers ordres de vente et d'achat. Et en quelques heures, il avait gagné des millions. C'était cela, la honte de notre profession. La quête du profit avait anéanti toute humanité. Les lois du marché se substituaient aux lois issues de la protection et de la défense des droits individuels. Et si je m'interdisais certaines pratiques, notamment celle que mon collègue avait mise en œuvre, je participais aux mêmes objectifs, j'utilisais moi aussi des méthodes presque frauduleuses, je développais les mêmes obsessions : augmenter mon bonus, faire mieux que l'année précédente et réserver trois semaines de vacances au lieu de deux dans le plus beau palace des Seychelles.

— Alors, insista mon collègue, tu es viré ?

— Ma demande d'augmentation est acceptée, répondis-je en souriant.

Il eût été sans doute plus sage de le gifler car il fut si désemparé par mon exaltation qu'il se tourna aussitôt vers son écran dans un grotesque basculement du bassin.

Une mascarade ! Oui ! Il fallait jouer, simuler, faire l'acteur car nous étions lundi et, dans moins de trois heures, j'interpréterais auprès de mon père mon plus mauvais rôle.

Comme tous les lundis après-midi, je rendis visite à mon père. Je quittais mon bureau à dix-huit heures, j'arrivais à l'hôpital vers dix-huit heures quinze, et un quart d'heure plus tard j'étais déjà parti. Chaque rencontre se déroulait selon un même rituel. J'ouvrais la porte de sa chambre, doucement, pour ne pas l'effrayer — une précaution inutile, à présent, rien ne pouvait plus l'effrayer que lui-même —, je l'observais un instant, j'inspirais profondément puis, lorsque je me retrouvais face à lui, les mots coulaient de ma bouche, calmes et maîtrisés, ils suivaient le rythme de mon inspiration. C'était alors au tour de mon père de parler — je bloquais ma respiration, je ne voulais pas l'entendre —, je m'enfonçais dans une eau sombre et grouillante, je restais en apnée, j'agonisais, je participais à mon meurtre, je tuais l'enfant en moi, je me faisais complice de l'infanticide que la voix de mon père commettait en toute impunité. Quand il se taisait — et seulement à cet instant-là —, je reprenais ma respiration, je parlais — vite, comme on expire. A la suite d'un accident vasculaire cérébral, mon père souffrait d'une hémiplégie du côté droit et d'une aphasie, une maladie qui l'avait privé de l'usage de ses membres et qui avait gravement altéré ses facultés motrices et mentales. Sous la contrainte, mon frère et moi l'avions placé dans un institut spécialisé dans les troubles psychiques et comportementaux. Ah ! le cynisme de ce terme « placement » ! Associé au mot « financier », il évoque le profit et la rentabilité tandis qu'il ne désigne que l'échec, la perte, l'abandon ferme et définitif quand il quitte la finance pour mener une liaison contre nature avec la médecine ! Les mots se mélangeaient dans la tête de mon père comme s'ils avaient été placés dans une urne puis secoués par une main innocente. CADEAU — SOLEDAD — CORTÈGE — VACUITÉ — CORAZÓN — MAMAN — COMEDIA — ÉCRITURE — TRABAJAR — JE — BOIRE. Un par un, il les extirpait de sa tête, tantôt en français, tantôt en espagnol, et les alignait dans le désordre — dans le désordre ! lui, le traducteur, qui avait passé sa vie à ordonner les mots ! Soucieux de trouver le mot juste, il n'avait qu'une obsession, celle de rester fidèle au texte original. Il disait avec la verve qui le caractérisait : « Les mots ! il faut les prendre de force ! ils ne sont jamais consentants, ils ne se donnent pas au premier venu. Moi, je les violente, je les menotte, je les sangle. » Les mots avaient été ses victimes. Il était maintenant victime des mots. Ils le martyrisaient, ils se pressaient dans sa tête et surgissaient, hagards, de sa bouche. Ils se vengeaient du sort qu'il leur avait fait subir. Les victimes étaient devenus bourreaux et j'assistais — impuissant — à ce crime de la parole. Mon père répandait en vain sa semence, ces mots stériles issus de toutes langues qui imposaient leur dictature à cet homme qui les avait trop longtemps tenus en servitude. Lorsqu'il s'exprimait, il me semblait qu'une bombe truffée de clous et de fragments de verre m'explosait au visage. Ses mots éclataient en mille lettres qui venaient se planter dans mes chairs, harponnaient mon cœur. Et le sang jaillissait de mes narines ; mon nez était désormais le centre de toutes mes tensions nerveuses.

Ce jour-là, je le retrouvai dans sa chambre — une pièce sans charme aux murs patinés de blanc qui ressemblait en tous points à la chambre à coucher de l'appartement familial : un lit de petites dimensions recouvert de draps de couleur claire, deux sièges dont l'un était occupé par mon père —, une tablette plastifiée ; aux murs, un tableau représentant un paysage de montagne ; enfin, sur la table de nuit, une dizaine de livres que mon frère lui avait apportés bien qu'il ne lût plus ni journaux, ni romans, ni même le règlement intérieur de la clinique qu'il transgressait malgré lui comme un homme en terre étrangère bafoue les règles du pays d'accueil faute de pouvoir les lire. Il était assis sur un fauteuil en plastique vert. N'était-il pas plus juste de dire : son corps était posé sur un fauteuil en plastique vert ? Il ne se mouvait plus. Une couverture jaune en laine recouvrait ses jambes. A son cou se balançait une chaîne en argent ornée d'une petite croix. C'étaient ses parents qui la lui avaient apportée la semaine passée. Mes grands-parents paternels étaient encore vivants et, à plus de quatre-vingts ans, ils se retrouvaient avec une nouvelle charge. Ils avaient élevé un enfant, l'avaient porté, aimé, choyé jusqu'à l'âge d'homme, puis à l'âge où ils espéraient être portés, aimés, choyés jusqu'à leur mort, ils avaient appris que leur fils était redevenu un nourrisson auquel il faudrait encore tout réapprendre. *Tout* réapprendre à quelqu'un qui ne comprenait plus *rien* ! Et ils lui rendaient visite, chaque semaine, armés de leur patience et de leur piété. Ils priaient pour mon père qui n'avait jamais cru en rien et ornementaient sa chambre de gris-gris au mépris des convictions de cet homme qui, lorsqu'il était encore doué de conscience, rejetait non seulement la religion mais aussi toute forme de mysticisme, de superstition. Il était si hermétique aux choses sacrées qu'il en devenait intolérant, injurieux envers ses propres parents dont la dévotion n'avait d'égale que leur crédulité. A travers la vitre, mon père contemplait le grand parc boisé sur lequel l'établissement, une bâtisse de quatre étages, avait été construit cinq ans auparavant, au milieu de chênes centenaires dont la vigueur contrastait avec la fragilité des résidents, de pauvres hères que la nature avait défigurés. Mon père paraissait las et fatigué, son esprit sombrait lentement dans les eaux visqueuses de l'oubli et personne — PERSONNE — ne pouvait l'en extraire. Aucune main n'était assez puissante pour le tirer du marasme dans lequel jour après jour il s'enfonçait, « il s'embourbait », aurait dit mon père s'il était encore ingambe. Son visage rond avait pris une teinte terreuse qui oscillait par endroits entre le gris et le marron, le sang irriguait mal cette terre sèche, infertile, qui avait produit jadis de beaux fruits : un nez fin, des lèvres charnues, une peau épaisse, rose, et des yeux iridescents, des yeux de chat polis par les lettres, les mots que ses pupilles dilatées avaient caressés pendant plus de cinquante ans. Les fruits s'étaient putréfiés : son nez large, ses joues cendreuses, ses globes oculaires qui gisaient comme deux carcasses vides témoignaient à présent de son délabrement physique et mental. Vaine entreprise qu'est la connaissance à l'heure du dépôt de bilan ! De son érudition, de ses heures passées à lire et à apprendre, il ne restait rien. Seules des onomatopées traduisaient cet état de fait : Un vaisseau, un simple tube blanchâtre, s'était rompu à l'intérieur de sa boîte crânienne — *crac !* — et l'homme, qui quelques minutes avant cette rupture, riait, parlait, bougeait ses membres, gisait maintenant sur un fauteuil, sans conscience. *Pff !* Je posai furtivement ma main sur ses joues rêches, puis je m'assis sur la chaise qui jouxtait la sienne. A peine arrivé, je n'avais qu'une obsession : partir. J'étais cet immigrant déraciné qui découvre avec effroi son pays d'accueil et qui ne songe plus qu'à rentrer au pays de son enfance. Tel un vestige de cette terre bénie, le soleil dardait ses rayons, nous aveuglait, mon père ne s'en plaignait pas, ses yeux vitreux, rongés par la cataracte fixaient l'horizon, insensibles à la beauté du paysage et aux brûlures. Je sortis mes lunettes de soleil de ma poche — j'en possédais plus de quinze paires, chacune valant plus de 300 euros —, je les posai sur mon nez busqué moins pour me protéger du soleil que pour obscurcir la vision que j'avais de mon père, de ce qu'il en restait : ce corps inerte déposé là comme un objet trouvé dont personne ne revendiquerait plus la propriété. Quelques semaines après son accident, j'avais proposé à ma femme de l'accueillir chez nous, j'envisageais d'employer une infirmière qui effectuerait tous les soins que son état nécessitait mais elle avait refusé : « Où veux-tu le mettre ? » m'avait-elle demandé sur un ton qui traduisait le mépris que l'incongruité de ma requête avait fait germer dans son cœur stérile. Elle habitait dans un appartement d'une superficie supérieure à 200 m^2, un lieu immense d'où j'étais le plus souvent absent et elle se sentait incapable de libérer un seul espace pour recevoir un être de quatre-vingts kilos — distorsion des mesures d'espace quand il s'agit d'accueillir des êtres dont on ne veut pas, dont PERSONNE ne veut. Je m'étais plié à sa décision pour préserver ma quiétude, je fuyais les conflits. De toutes les guerres, celle que se livrent un homme et une femme ayant scellé leur amour par contrat est toujours la plus inhumaine.

La tête de mon père penchait légèrement sur le côté droit, je tentai de la redresser, elle retomba avec la même souplesse qu'une poupée désarticulée. Une partie de son corps restait paralysée, sanglée par des liens invisibles. Je lui parlais, il m'écoutait sans comprendre : c'était une communication idéale.

— Tiens, dis-je en glissant entre ses doigts inertes un livre que mon frère lui avait apporté : une nouvelle traduction de *Lolita*.

Nabokov avait longtemps été son auteur préféré, celui qu'il relisait avec le même enthousiasme. Ce fut à l'adolescence que mon frère et moi découvrîmes les tribulations sentimentales du narrateur. Ainsi se forgèrent ma conduite amoureuse et la certitude que tout amour est transgression. Le livre tomba par terre dans un bruit sourd. Je le ramassai, je l'ouvris et commençai à lire les premières pages : « Lolita, lumière de ma vie, feu de mes reins ».

— La robe a soif, lâcha-t-il.

Sa tête se balança, son menton vint cogner le haut de son torse, je le redressai. Un filet de bave coulait de ses lèvres mais je ne l'essuyai pas, j'éprouvais une vive réticence à toucher mon père : sa peau marbrée, couperosée, sillonnée de rides profondes était si sèche qu'une main d'enfant s'y serait écorchée. Son corps reflétait son désordre intérieur ; engoncé dans un pantalon de coton chiffonné dont la braguette était ouverte, une chemise maculée de graisse à laquelle manquaient deux boutons et, aux pieds, des chaussons qu'une infirmière négligente lui avait mis à l'envers et que je ne replaçais pas à l'endroit : l'absurdité de la situation — mon père privé de sa capacité à penser, à parler — justifiait l'étrangeté de l'accoutrement. Mais le véritable chaos était ailleurs : dans les escarres, ces démons de l'inertie qui creusaient la tombe de mon père comme des prisonniers grattent le sol de leur geôle avec l'espoir d'être libres. Oui, mort, mon père recouvrerait sa liberté, sa dignité. Et pourtant, je mettais tout en œuvre afin qu'il restât vivant. Plusieurs fois par semaine, je faisais appel à des professionnelles du bien-être, elles se relayaient au chevet de mon père — masseuse, esthéticienne, podologue, coiffeuse —, elles prenaient soin de lui, le rappelaient à son humanité. J'eus même recours aux services d'une siffleuse qui sifflotait les airs que cet homme avait aimés : *La Javanaise, Les Feuilles mortes, Syracuse.* Elles s'affairaient autour de lui, lui parlaient, lui insufflaient la vie qui lentement s'échappait de tous les pores de sa peau.

— Tu ne veux pas que je lise ? Tu préfères que je

parle ? lui demandai-je tout en sachant qu'il ne comprenait pas, ne répondrait rien.

(Je n'en peux plus que cesse ce cauchemar qu'il meure oui je préférerais le voir mort mais chut il ne faut pas dire ces choses-là ni même les penser je ne dois pas non je n'ai pas le droit d'envisager qu'il serait mieux là-bas qu'ici), encore ce lancinant soliloque que mon esprit déroulait *malgré moi*.

Je me levai, me dirigeai vers la salle de bains, je m'y enfermai et me préparai une ligne de coke, le seul dérivatif à la douleur causée par ce sentiment d'impuissance face à la maladie. Le bien-être artificiel contre les maux naturels. Lorsque je sortis de la salle de bains en reniflant, mon père ne m'apparut plus que comme une masse informe. Sa tête était retombée sur le côté, je la pris entre mes mains, je commençai à masser ses tempes, bravant ma répulsion.

La réification d'un homme est le pire spectacle auquel il soit donné d'assister.

Un objet, voilà ce qu'était devenu mon père ! Il pouvait rester assis pendant des heures au même endroit, inerte et immobile, inconscient, dépossédé de son âme, de sa capacité de réflexion. De sa parole. Un objet inutile, sans affectation, sans valeur marchande, sans fonction sociale. Un objet encombrant qui nécessitait des soins et de l'attention. Mon père était hospitalisé depuis près d'un an quand ma femme m'avait annoncé qu'elle était enceinte ; dans l'état moral où je me trouvais, c'était bien le pire qu'il pouvait m'arriver. Mon père était mon enfant, je souhaitais qu'il restât unique. Mais ma femme avait exigé de garder l'enfant à naître. Le mien, elle n'en voulait pas. Un nourrisson avait toutes les chances de passer de l'état de chose animée à celui d'être vivant et pensant, tandis que mon père glissait inexorablement de l'état de survivant à celui de chose inanimée.

« C'est dans l'ordre des choses », avait dit ma femme le jour où je lui en avais fait la remarque. Voilà pourquoi je préférais le désordre, j'avais fait le choix d'une vie chaotique, instable : la rigueur et la discipline m'apparaissaient comme les antichambres de la mort.

Je regardai ma montre, les aiguilles indiquaient dix-huit heures trente-deux, j'avais dépassé de deux minutes le temps réglementaire — la limite au-delà de laquelle ma force physique faiblissait, ma résistance morale flanchait. Je lâchai la tête de mon père, elle retomba aussitôt sur le côté. Sans un mot, je quittai sa chambre : j'avais rempli ma mission de fils.

Lorsque je fus dehors, une pluie drue cingla mon visage. Je marchais vite, à grandes enjambées, je traversais les rues sans prêter attention aux automobilistes qui klaxonnaient. Mon rythme cardiaque s'accélérait, mon pouls devenait irrégulier, je maîtrisais tant bien que mal ma respiration. J'assignais un nouveau but à mon cœur, je l'éprouvais physiquement ; n'avais-je pas déjà testé sa résistance morale ? Après avoir marché si vite sur quelques centaines de mètres, je rendis les armes, je ralentis le pas, quand soudain mon regard fut happé par son propre reflet. A l'extrémité droite de la devanture d'un chausseur avait été placé un miroir. Je me figeai : avec cette mine défaite, ce visage si pâle qu'on eût dit que je portais un masque taillé dans la craie, j'avais l'allure d'un fantôme. Je scrutai mes traits : mon nez long, légèrement busqué ; mes lèvres charnues ; l'ovale de mon visage, je ne me reconnaissais plus. A quelques mètres de moi, une enseigne lumineuse « Point Soleil » clignotait. Je m'y dirigeai sans que ma raison n'y opposât aucune résistance, je me rapprochai d'une source de vie quand mon père s'en éloignait. Je pénétrai dans la boutique, formulai les mots d'usage, m'enfermai dans la cabine de bronzage, posai les lunettes de protection sur mes yeux comme un automate. Seul, le visage tendu vers l'appareil brûlant — et seulement à ce moment-là —, je me mis à pleurer.

J'eus à peine franchi le seuil de mon appartement que ma femme se précipita sur moi.

— *Il* a téléphoné, murmura-t-elle d'une voix étouffée.

Elle se tenait droite, figée devant la porte, une main posée sur son ventre arrondi. Son visage avait pris un air grave, presque contrit et, si elle ne portait un pull-over d'un rouge flamboyant, j'aurais pu penser qu'elle était en deuil tant elle paraissait accablée. Je savais qui était *l'homme* (encore que ce mot ne le qualifiait nullement, s'il en avait les droits et les devoirs, il n'en possédait pas les attributs) qu'elle évoquait, pourtant je demandai sur un ton empreint d'une fausse naïveté :

— De qui parles-tu ?

— De ton frère, lâcha-t-elle si vite qu'on eût dit qu'elle crachait sur les mots.

— Mon frère ? répétai-je, abasourdi.

— C'est ce que je viens de te dire.

— C'est impossible ! m'écriai-je.

Claire haussa les épaules en signe de dépit. Je l'observai un instant comme on scrute une inconnue avec dans le regard l'expression d'un sens critique aiguisé. Elle avait noué ses cheveux blonds en queue de cheval. Elle était très légèrement maquillée : une seule couche de fond de teint, un peu de poudre dorée, un mascara brun et, sur l'arcade sourcilière, un fard à paupière prune assorti à ses yeux. C'était elle, *au naturel*, enveloppée de vêtements achetés chez les nouveaux créateurs, juchée sur des escarpins à bouts pointus, arborant à son poignet une montre sans cadran, un objet qui ne donnait pas l'heure et qu'elle avait payé une fortune chez Colette, son magasin fétiche.

— Tu lui as parlé ? demandai-je.

— Bien sûr que non ! s'exclama-t-elle avec une telle violence que sa voix dérailla, émit un son rauque.

Se ravisant, elle reprit :

— Il a laissé un message sur le répondeur ; si j'avais reconnu sa voix au bout du fil, je crois que je lui aurais raccroché au nez.

— Et il l'aurait écrit dans son prochain roman.

Cette phrase m'avait échappé, je regrettai aussitôt de l'avoir formulée, rien dans mon attitude ne devait laisser transparaître la défiance et la crainte que m'inspirait mon frère Arno.

— Que disait-il dans son message ?

— Il souhaite que tu le rejoignes à l'appartement de ton père à 21 heures.

J'éclatai d'un rire nerveux.

— C'est ridicule, il sait pertinemment que je n'en ferai rien ! Et puis ce soir, je ne peux pas.

— Tu sors ? demanda Claire sur un ton suspicieux.

— Non, répliquai-je en baissant les yeux, mais il est déjà 19 h 15.

— Je crains que tu n'aies pas le choix, c'est au sujet de ton père, de sa tutelle.

Je lâchai brusquement ma sacoche par terre.

— Ce type est un monstre ! Comment peut-on confier la responsabilité d'un homme malade à un fou, un névrosé, un pervers, un...

— Je t'en prie, n'en parlons plus, répliqua Claire.

Sa gêne était palpable, elle était si émue qu'elle regarda d'un air béat sa montre sans cadran avant d'ajouter :

— Il est l'heure de partir. Peux-tu m'accompagner à la gare ?

Elle fuyait mon regard, serrait l'anse de sa valise entre les doigts de sa main droite. A cet instant, j'aurais pu l'étrangler de mes mains tant la colère me submergeait. Des bouffées de haine m'assaillaient, déréglaient mon système nerveux, oui, je me sentis capable de supprimer deux vies, la sienne et celle de l'enfant à naître, sans état d'âme, pour la seule raison qu'elle avait parlé de *lui*, fût-ce sans émettre son nom.

— Tu n'as qu'à prendre un taxi, répondis-je sèchement.

Elle ne réagit pas, resta un long moment immobile comme si elle attendait quelque chose. Je subodorai les raisons de son attente mais je ne dis rien, je décachetai mon courrier sans jeter le moindre regard vers elle.

— J'ai besoin d'argent, murmura-t-elle sur un ton faussement gêné.

L'argent était depuis longtemps notre unique sujet de conversation, celui vers lequel toutes ses pensées convergeaient — notre seul lien. C'était toujours la même scène. Elle me demandait de lui donner de l'argent, je lui tendais aussitôt la somme qu'elle réclamait et alors seulement, elle m'embrassait. Je n'avais jamais cherché à la placer sous ma dépendance financière. Elle possédait plusieurs cartes de crédit, un compte bancaire approvisionné, je ne m'immisçais pas dans la gestion de ses comptes. J'avais trop vu mes parents se quereller au sujet de l'argent, mon père était d'une nature dispendieuse tandis que ma mère, sans être avare, contrôlait nos dépenses avec la rigueur de ceux qui ont passé leur vie à tirer le diable par la queue. Elle éteignait la lumière en sortant d'une pièce, ne laissait pas les robinets ouverts, choisissait toujours les mets les moins chers, les articles promotionnels. Elle n'était pas animée par le désir de gagner de l'argent mais par la peur d'en manquer. Je voulais éviter d'avoir ce genre de relations avec ma femme, je dépensais plus qu'elle, j'étais opposé à toute forme de restriction. Aussi, avant que Claire ne réitérât sa demande, je lui donnai quelques billets qu'elle glissa dans son sac. Elle posa furtivement ses lèvres sur mes joues et disparut en claquant la porte, laissant dans son sillage des effluves de son parfum. Elle eut à peine quitté l'appartement que je regrettai mon attitude. Elle était enceinte et je l'avais laissée partir seule, en taxi, par temps de pluie. Je devinai qu'elle me méprisait, sans doute était-elle déjà en train de vociférer contre moi, songeant une fois de plus à se séparer de cet « homme froid, indifférent » ainsi qu'elle me qualifiait quand nous nous disputions — et nous nous disputions souvent. C'était plus fort que moi : la simple évocation du prénom de mon frère suffisait à me plonger dans un état hystérique que n'apaisaient ni la coke ni les anxiolytiques. Je restai un moment dans le couloir puis je m'éloignai en direction de la pièce que j'avais aménagée en bureau. Enfin seul. Je me servis un verre de gin, je décrochai le téléphone — je ne voulais pas être dérangé. De ces interminables séances de lecture que mes parents m'infligeaient, il me restait le goût du silence. J'ouvris le tiroir de mon secrétaire que je prenais soin de fermer à clé ; sous une pile de feuillets noircis, je trouvai les livres de mon frère. Je me flagellais, je jetais des poignées de sel sur une plaie purulente, j'étais attiré par ces pages que je lisais régulièrement, en cachette, comme une mère intrusive feuillette le journal intime de sa fille en son absence. Je m'assis sur le fauteuil en cuir noir que ma femme m'avait offert pour mon trentième anniversaire et je commençai à tourner les pages de son premier livre, *Le Tribunal conjugal*. Il l'avait écrit au style direct, chaque personnage, y compris lui, relatait son expérience. Le livre s'ouvrait avec mon monologue dont il avait inventé chaque mot. Suivaient les plaintes de mes maîtresses et les déclarations de proches. Seule notre mère était absente du livre ; elle était morte en janvier 1998. Quelques mois plus tôt, sans que nous sachions alors pourquoi, notre mère avait sombré dans la dépression, du moins en présentait-elle tous les symptômes : perte d'appétit, fatigue, tristesse, état mélancolique. Elle qui d'ordinaire était une femme énergique, vive et nerveuse, se transforma en une petite chose molle. Elle prit un congé maladie, passa ses journées à la maison à ne rien faire. Même la lecture, l'enseignement du grec, la discussion avec ses propres enfants devenaient travaux forcés. J'avais remarqué qu'elle s'éloignait de mon père, ils faisaient chambre à part, ne s'adressaient la parole qu'avec parcimonie comme si chaque mot leur coûtait un effort. J'en avais conclu hâtivement — ni mon frère ni moi ne vivions chez eux à l'époque — qu'ils ne s'aimaient plus. Leurs corps avaient vieilli et ce long processus de dégénérescence avait touché d'autres organes, moins palpables, moins visibles. Mon père, pourtant, semblait avoir été épargné, il voyageait de plus en plus souvent, il était gai. C'était peut-être ce qui meurtrissait le plus ma mère : voir notre père heureux quand elle s'enfonçait. Rien n'est plus impudique qu'une image de bonheur brandie sous les yeux d'un agonisant. Et ma mère agonisait ! Ce fut mon frère qui retrouva son corps sans vie dans la salle à manger, il était venu lui rendre visite, notre père se trouvait à Madrid au moment des faits. Le médecin qui avait constaté le décès avait noté sur le certificat : arrêt cardio-vasculaire. Notre mère, donc, n'apparaissait pas dans le livre de mon frère. Quant à ma femme, elle n'en découvrit le contenu — par hasard — que plusieurs mois après la publication. Elle ne lisait jamais les rubriques littéraires des magazines, n'entrait pas dans les librairies. Son médecin lui avait demandé si elle était de la famille de l'écrivain Arno Tesson avant de l'inciter à lire le livre incriminé. Après la publication, Claire demanda le divorce — nous n'étions mariés que depuis quelques mois —, une dizaine de pages ayant suffi à attiser sa colère puis elle y renonça, faute de preuves tangibles. Je réussis à la convaincre que mon frère avait tout inventé pour me nuire : « cette histoire est le fruit de son imagination », lui avais-je martelé pendant des heures. Seul mon père ne fut pas dupe, il savait que son fils avait déserté la fiction pour l'autofiction, un genre littéraire qu'il exécrait. Il ne supporta pas l'opprobre que les écrits de son fils avaient jeté sur sa famille et ne tarda pas à rompre tout lien avec lui. Le livre symbolisait l'échec de son éducation. Il découvrait les limites de la liberté d'expression, les masques pervers de la narration. Il partit s'installer à Madrid pendant quelques mois, il n'adressait plus la parole à mon frère et ne me téléphonait qu'une fois toutes les deux semaines. Il était à Paris depuis quinze jours à peine quand il fit, à l'âge de soixante-deux ans, un accident vasculaire cérébral qui le laissa aphasique et hémiplégique. Au moment du drame, il se trouvait dans un taxi qui le transportait vers un lieu où se déroulait un colloque, mon père y était invité en qualité d'intervenant, il devait prendre la parole mais il l'avait perdue définitivement en cours de route. Non seulement l'accident de mon père ne censura pas mon frère mais elle alimenta sa créativité morbide. Il réitéra quelques mois plus tard dans un livre au titre évocateur : *Le Tribunal familial*. Que pensait-il ? Que nous accueillerions avec admiration et bienveillance un ouvrage qui dévoilait nos vies privées, nos zones d'ombre, nos bassesses ? Avec quelle audace il se présentait comme une victime aux yeux de milliers de lecteurs, nous faisant apparaître comme des censeurs, des dictateurs dont l'unique ambition consistait à « brider son imagination, à entraver son inspiration » ainsi qu'il se complaisait à le dire ! Je lus les pages 18 et 19 à haute voix :

Tôt dans la matinée, je m'étais rendu dans cet appartement où j'étais né, où j'avais grandi, et d'où j'avais été banni après la publication d'un texte intitulé Le Tribunal conjugal *dans lequel je réglais des comptes moins avec ma famille qu'avec moi-même, mais les lecteurs sont si égocentriques qu'ils croient toujours se reconnaître dans les livres de leurs proches. Ainsi, à l'âge de trente-deux ans, je fus chassé de chez moi par mon père après qu'il eut réuni les plaignants : mon frère, son épouse, mes amis, notre femme de ménage, nos voisins, ils s'étaient tous constitués partie civile contre moi ; ils m'encerclaient, je n'assistais pas à mon enterrement mais à mon procès. A l'ordre du jour, le tribunal familial avait prévu mon jugement et ma condamnation à l'exil. Nombreuses étaient les charges qui pesaient contre moi — délation, collaboration avec l'ennemi Vérité — et ce fut mon père qui endossa le rôle de procureur, qui instruisit à charge.*

— Où vas-tu chercher toutes ces horreurs ? m'avait-il demandé.

Non. Ce ne furent pas ses mots, je mens, tous les fils mentent pour protéger leurs pères. Il dit, lui qui ne parlait qu'avec parcimonie, qui n'avait jamais proféré aucune injure en ma présence :

— Où vas-tu chercher toute cette merde ?

Il n'avait pas encore été victime de son accident vasculaire cérébral, il avait aligné les cinq lettres dans le seul dessein de former ce mot qui symbolisait mon travail, ma capacité à créer.

— Là, répondis-je en désignant ma tête.

Et mon père cracha par terre. Mais ce n'était pas de la salive, non, c'étaient des larmes que ses lèvres expulsaient. Car il était mon père et il avait honte. Oui, je connaissais la honte de défier le regard de ceux qui savaient, de ceux qui avaient lu et qui pensaient que, de supporter l'écho des rumeurs qui glissaient sur lui comme de l'urine, la honte d'entendre les récriminations qui lui étaient adressées mais m'étaient destinées, la honte d'être acculé à sacrifier son fils, à maudire son nom et sa future descendance au seul motif que

Mon esprit était souillé. Trois fois impur. Et celle qui m'avait mise au monde — trois fois bénie — « ta mère qui, heureusement, est morte assez tôt pour ne pas te lire », non, elle ne lut pas les fruits de mon imagination, ces fruits putréfiés que mon inconscient produisait malgré moi. Oui, j'avais commis l'acte d'écrire et c'est sans autre avocat que moi-même que je m'étais présenté devant le tribunal familial où me jugèrent tous ceux qui, malgré mes dénégations, estimaient que je les avais diffamés, injuriés, que j'avais violé leur vie privée sciemment et avec préméditation.

Qu'ils me blâment ! Je pèche, je diffame, je faute ! Je suis coupable de tous les faits dont on m'accable ! Oui, je suis coupable d'avoir divulgué, d'avoir dit que

Mon frère ne finissait pas toujours ses phrases. Bien qu'il refusât de l'admettre, j'étais persuadé que cette écriture destructurée trahissait non seulement son instabilité mentale — c'était un être tourmenté, complexe, en proie à un perpétuel questionnement

— mais aussi la confusion que le sentiment d'avoir été banni, renié par les siens avait suscitée en lui. Il serait désormais condamné à rester claquemuré chez lui, à rééduquer sa pensée sous le regard de la censure fraternelle ; dans l'état où il se trouvait, notre père ne pouvait plus le braver. Critiquer sa famille, fût-ce sous une forme romancée, c'était comme enfreindre les règles d'un parti tout-puissant. Il nous avait trahis ! Tous ! Moi, d'abord en dévoilant ma vie privée ! Mon père, ensuite, en retournant contre les siens l'arme qu'il lui avait mise entre les mains dès son plus jeune âge, un stylo, un simple stylo avec lequel il nous meurtrissait, nous ridiculisait. Oui, je me sentais ridicule lorsque je lisais la description qu'il avait faite de moi le jour où mon père avait réuni les personnes mentionnées dans le livre.

Mon frère se tenait debout dans le couloir, figé comme s'il attendait à l'entrée d'un restaurant qu'un maître d'hôtel vînt l'accueillir. Chacun de ses membres arborait les traces de sa réussite comme d'autres portent des marques de torture : son corps était engoncé dans un costume taillé à ses mesures, il avait noué une cravate en soie autour de son cou, une montre en or blanc sanglait son poignet gauche, une ceinture dont la bride représentait l'initiale d'une marque de vêtements de luxe enserrait son bassin, ses pieds enfin, étaient pris au piège de souliers hors de prix. Ainsi paré, il se valorisait quand je me dépréciais en me drapant de mots qui ne me prémunissaient de rien, ni des attaques personnelles, ni des invectives. L'estime que je me portais dépendait étroitement de ma capacité à créer, à écrire :

depuis deux ans, je ne valais rien. Mon frère se
contenta d'émettre ses reproches. Son ton était calme
et sûr, sa voix ne tremblait plus mais son regard
— ah ce regard noir qui accusait ! — me pénétrait
avec effraction. Je ne me confiai pas à lui ; nos
échanges verbaux se limitaient à une succession de
monologues, aucun de nous n'écoutait plus l'autre,
les rancœurs nous avaient rendus sourds, hermé-
tiques au moindre flux de paroles. Nous avions été
tellement proches, comment pouvions-nous être aussi
distants ? Nous étions capables de rester face à face
sans nous parler par crainte de miner de nos paroles
une terre que les silences avaient déjà dévastée.

Je levai mes yeux du livre. C'était, à chaque fois
que j'en relisais des passages, la même émotion. La
même colère aussi de voir ma vie privée analysée,
disséquée, critiquée, ma vie jetée aux loups comme
une viande saignante qu'ils dépèceraient avant de se
repaître de leur orgie. Je subissais la charge inquisito-
riale des lecteurs, des critiques littéraires, des gar-
diens de la morale. Après la publication du livre, les
relations avec mon frère, qui étaient déjà très tendues, devinrent impossibles. Notre inimitié était si
profonde que nous ne nous parlions plus que par
avocats interposés. Je ne lui avais jamais pardonné
d'écrire sur moi ; il ne m'avait jamais pardonné
d'avoir porté plainte contre lui. Quelle ambition littéraire nourrissait-il ? Ces lignes m'avaient plongé dans
un tel désarroi qu'à ma plainte pour atteinte à la vie
privée, j'aurais pu adjoindre l'incitation au crime !
Oui, j'avais voulu tuer mon frère. Et ce n'était pas la
première fois que cette pulsion naissait en moi. Déjà,

à l'âge de dix-sept ans, j'avais songé à le faire, mû par cette jalousie naturelle que la Bible elle-même dépeint : de nous deux, il resta longtemps le fils préféré, celui qui aimait lire, qui donnait en offrande sa curiosité intellectuelle, son avidité à un père exigeant qui nous éprouvait. Pourtant, je ne passai pas à l'acte, non, même après avoir lu son livre, je ne cherchai pas à le blesser. Il était mon frère et dans ce possessif associé à ce mot « frère » se terraient notre enfance, notre complicité, ce qui nous avait unis. Pendant des années, j'avais porté ses habits, mangé ses restes, partagé ses goûts. Je le suivais partout, je le copiais, je l'admirais. Ses jeux étaient les miens. J'étais malade quand il souffrait. J'étais triste quand on l'admonestait. Il était mon seul frère et cette unicité expliquait la fascination mais aussi la répulsion qu'il exerçait sur moi. Oui, il me répugnait. Physiquement, d'abord ; sa négligence était si manifeste que je l'interprétais comme un manque de respect envers lui-même. Sa rousseur l'avait marginalisé ; je le croyais investi de cette puissance démoniaque que l'on attribuait aux seuls êtres flamboyants. Intellectuellement, ensuite. Nous vivions chacun dans deux terres séparées ; il s'épanouissait au cœur de la fiction tandis que j'étais ancré dans la réalité, et il avait cru franchir cette frontière en choisissant la voie de l'autofiction comme on emprunte un raccourci sans se douter que ce chemin, à défaut de nous faire gagner du temps, nous mènera vers une terre embourbée.

Il osait écrire qu'il ne valait rien ! C'était en référence à moi — à moi seul ! — qu'il avait écrit ces mots ! Pour nombre de personnes, j'incarnais la réussite — je ne faisais pas allusion à une réussite matérielle, celle qui me permettait de concrétiser mes désirs, pas plus qu'à une réussite personnelle, liée à ma vie sentimentale, non, je parlais d'une qualité intrinsèque, d'une réussite qui me caractérisait, je parlais de mon assurance, de ce regard confiant que je portais sur moi-même, de ce regard de groupie qui semblait dire : « vas-y, tu en es capable ! » ; mon frère m'enviait de cacher en moi cet admirateur qui m'encourageait, m'insufflait la force et l'énergie sans lesquelles toute ambition se tarissait. Lui, il n'accueillait que des autorités critiques et névrotiques, des figures dictatoriales et imperturbables qui le jugeaient, l'humiliaient, lui répétaient à l'envi qu'il ne valait rien, qu'il était NUL. Et son regard confirmait leur verdict. Et ce jugement était sans appel. Comment osait-il s'ériger en victime quand c'était moi qui avais été trahi, moi qui subissais son acharnement littéraire ? A qui ferait-il croire qu'il n'avait pas confiance en lui ? Il fallait avoir bien confiance en soi pour écrire ainsi sur son propre frère, pour dévoiler sa vie à des inconnus, pour le mettre à nu, il fallait être plein de suffisance, de narcissisme et d'assurance pour aller aussi loin, non pas dans l'introspection — oui, l'introspection aurait été louable, l'introspection, j'aurais pu la justifier et la comprendre — mais dans la description calomnieuse, dans la délation et la dénonciation. J'aurais voulu le rassurer : Arno, tu n'es la victime de personne, sauf peut-être de toi-même. C'était son incapacité à affronter ses propres faiblesses, à assumer son orgueil et son désir de reconnaissance sociale, ce désir que j'étais le seul à affirmer au sein de notre famille, ce désir que nous cachons tous en nous comme une bête immonde parce qu'il nous fait honte, parce qu'il nous fait peur et qu'il dévoile aux autres autant qu'à nous-mêmes nos propres défaillances. Il n'avait pas le courage d'avouer qu'il souhaitait être encensé, admiré ; il n'avait pas l'humilité de reconnaître qu'il écrivait aussi pour cela. Il vivait dans la crainte de l'échec ; moi, j'étais animé par le désir de réussir. Il pratiquait l'autoflagellation, me faisait croire qu'il vivait en ascète alors qu'il était le contraire d'un saint ! Il ne sanctifiait pas les mots, il les souillait et cette souillure m'éclaboussait, moi et ma réputation, ma femme et tous ceux que j'aimais. Il avait sali ma famille, des gens qu'il ne connaissait pas et il voulait me faire croire qu'il était une victime ! Derrière ces mots : « je ne valais rien », il fallait comprendre : Mon frère est devenu *trader* pour gagner ; moi, j'écris pour perdre. Ils traduisaient toute son impuissance, son incapacité à exister. Il se sentait persécuté : par qui ? par quoi ? Quelles névroses notre éducation culturellement correcte lui avait-elle transmises ? Moi, j'en étais sorti indemne (encore que cette affirmation, au vu des sommes exorbitantes que mon psychanalyste me réclamait depuis cinq ans, pût paraître présomptueuse) mais lui, qu'était-il devenu ? Un homme éteint, sans identité fixe, oscillant entre l'arrogance et l'humilité, en proie aux doutes et à l'inquiétude. Je devais le haïr pour ce qu'il m'avait fait subir, et pourtant je tenais à lui — oui, c'était bien l'expression qui convenait —, il me semblait que même éloignés l'un de l'autre, même ligués l'un contre l'autre, nous nous tenions, l'un à l'autre. Je ne dis pas que cet appui était solide et fiable, il ne nous préservait pas des accidents éventuels mais nous savions que si l'un de nous deux chancelait, l'autre amortirait sa chute.

Je restai un long moment dans mon bureau, serrant ma tête entre mes mains comme je le faisais, enfant, lorsque mon père ou ma mère me demandait de traduire un texte et que je n'y parvenais pas, les langues se mélangeaient dans mon cerveau, je me sentais impuissant, je n'osais pas lever les yeux vers mon frère car *lui* savait. J'hésitai à me rendre au rendez-vous qu'il m'avait fixé sans me consulter. Au nom du droit d'aînesse ou, plus simplement, en vertu du pouvoir qu'il exerçait sur moi, il me dominait. Un tyran ! Voilà ce qu'était devenu mon frère, à moins qu'il n'eût jamais cessé de l'être, toujours prompt à m'imposer ses choix, à me dicter ma conduite. Si, dans ses livres, il s'autorisait toutes les transgressions, rien de tel dans sa vie. Citoyen modèle ! Homme discret, presque mystérieux, qui ne laissait rien paraître de ses états d'âme, de sa vie privée. Le champion de la morale ! Ne se rendait-il pas tous les jours au chevet de notre père quand je me contentais d'une visite hebdomadaire ? Il exigeait et je lui obéissais. Telles avaient été nos relations, articulées autour de ces deux mots, Autorité et Obéissance, que rien ne pouvait troubler. J'écrivais toujours son prénom en lettres capitales : ARNO tandis que le mien se limitait à une succession de minuscules : vincent. Oui, je me sentais minuscule à côté de lui. Et pourtant, de nous deux, il était le plus fragile, le plus frêle, empêtré dans ses doutes et ses contradictions. L'appréhension qui me saisissait à l'idée de le revoir était si vive qu'elle annihilait toute curiosité, toute velléité de souvenir. Le revoir, c'était prendre le risque d'entrer en conflit avec lui. Me rappeler que j'avais un frère dont ma mémoire refoulait le souvenir. J'avais accepté de le rejoindre chez nos parents pour régler avec lui la question de la tutelle, moins pour protéger mon père que pour me protéger, moi. Car en plaçant mon père sous son emprise, j'espérais m'en échapper. C'était moi qui avais vécu sous sa tutelle, sous son autorité morale tandis que lui, l'aîné, ne subissait que celle de nos parents, et voilà que par un injuste échange de prérogatives, par un absurde basculement de l'ordre naturel, notre père passait d'un état humain à un état végétatif quand son fils empruntait le chemin inverse — une autorité se substituait à une autre ! —, devenait le représentant moral de son propre père.

Avant de sortir de chez moi, je me changeai, je mis l'un de mes plus beaux costumes, un ensemble trois-pièces en flanelle grise que mon tailleur m'avait confectionné sur mesure quelques semaines auparavant. Je l'assortis avec une chemise bleu pâle gravée à mes initiales puis nouai autour de mon cou une cravate bleu marine. Je lissai mes cheveux avec du gel, me peignai soigneusement. Je vérifiai que j'avais emporté mon porte-cartes, lui aussi gravé à mes initiales. Je téléphonai à Alicia pour repousser l'heure de notre rendez-vous. Enfin, je quittai l'appartement. Pourquoi, alors qu'il était encore temps de rebrousser chemin, de refuser de lui obéir, avais-je cédé ? Qu'est-ce qui lui donnait encore le droit de décider sans que j'eusse la possibilité de donner mon avis ?

En arrivant à mon parking, j'hésitai un instant entre mes deux véhicules avant de prendre un taxi, je redoutais que quelqu'un rayât ma Porsche. Dans la banlieue où j'avais grandi, les vols et les dégradations de voitures étaient choses courantes. Un livre, vous pouviez l'oublier sur les marches des escaliers de l'immeuble, personne ne l'aurait ramassé. Un jour, ma mère avait déposé dans un coin du local à poubelles un sac rempli de livres dont elle ne voulait plus. Ce sac contenait, je m'en souviens comme s'il gisait là devant moi, quelques exemplaires de poche que nos parents avaient acquis pour la modique somme de 5 francs dans une brocante — *Nana* de Zola, *La Peste* de Camus, *Le Rouge et le Noir* de Stendhal, des classiques de la littérature — mais aussi des ouvrages qui m'appartenaient, notamment *Les Aventures du Club des 5* et *Les Trois Mousquetaires* de Dumas dans une édition pour enfants. Personne ne prit un livre. Le sac resta dans le coin du local jusqu'à ce que ma mère, dépitée, le jetât elle-même dans la benne à ordures.

Dans le taxi qui me menait chez mes parents, je regardais les paysages défiler à travers la vitre. C'étaient les mêmes arbres décharnés qui jalonnaient la route, les mêmes tours immenses plantées au cœur de zones désertes, la même désolation. Seuls quelques plateaux herbeux piqués de ronces et d'orties entouraient ces bâtiments gris et austères construits dans les années 60. Rien n'avait changé. Le contraste avec l'univers dans lequel je vivais à présent était si saisissant que je ne pus contenir un sentiment de malaise, une angoisse diffuse, oppressante, qui se répandait en moi comme de la lave. J'avais pris une ligne de coke avant de partir de chez moi, mais la dose était insuffisante pour supporter le spectacle affligeant de ces lieux isolés, oubliés, à quelques kilomètres seulement de la capitale — l'image de mon enfance. C'était cette misère que j'avais voulu fuir en devenant *trader*, cette misère et rien d'autre.

En poussant la porte en verre de l'immeuble familial que j'avais tant de fois franchie, je ne pus contenir un tremblement, une sorte de spasme qui secoua mes mains et mes jambes avec la même violence que celle qui m'avait tenaillé le jour où mon père avait subi son accident vasculaire cérébral. C'était une mise à l'épreuve, un parcours truffé d'obstacles où chacun de mes sens devenait vulnérable. Les odeurs de friture et de tabac froid, la vision des murs recouverts de graffitis, des sols crasseux. Monter en ascenseur, c'était comme monter en enfer, nul ne pouvait vous assurer que vous en ressortiriez vivant. Il fallait grimper les escaliers, frôler les murs, frapper à la porte, refaire ces gestes mille fois accomplis et qui prenaient, en l'absence de mes parents, la forme d'une cérémonie mortuaire. Pénétrer dans l'univers de mon enfance, retrouver la maison familiale, c'était profaner un sanctuaire. Sitôt que j'aurais signé les documents administratifs, je quitterais cet appartement et mon frère le mettrait peut-être en vente avec l'accord du juge des tutelles, avant de céder le trousseau de clés à un nouveau propriétaire. Cette passation de pouvoirs me plongeait dans un désarroi qu'aucun mot ne pouvait apaiser. Un homme succéderait à un autre. Il changerait les moquettes, tapisserait les murs de nouvelles tentures, disposerait ses meubles, apporterait ses affaires personnelles, détruirait ce que le propriétaire précédent avait construit, trop prompt à effacer toute trace de son passage dans les lieux et jusqu'à son odeur, respectant l'ordre du monde : faire et défaire. Comme un enfant vient au monde tandis qu'un autre le quitte. Nous avions habité ce lieu. Nous y avions joué, mangé, lu, ri, pleuré, vécu. Un nouvel occupant exécuterait les mêmes gestes. J'introduisis lentement la clé dans la serrure — je ne m'étais pas résigné à rendre mon trousseau à mes parents quand je les avais quittés pour m'installer à Paris — ; la porte s'ouvrit, j'avançai sur la pointe des pieds comme lorsque j'étais adolescent et que je rentrais tard le soir, je ne voulais pas réveiller mes parents — une précaution inutile, ma mère ne pouvait pas s'endormir tant qu'elle ne m'avait pas entendu lui chuchoter à l'oreille : « Rendors-toi, je suis là. » Mais mes parents n'étaient plus là à présent, personne ne m'attendait derrière la porte. Ni ici, ni chez moi. PERSONNE. Mon frère se trouvait déjà dans l'appartement. Il sursauta, il ne m'avait pas entendu entrer. Je retins un cri d'effroi en le voyant : une balafre sur laquelle s'étaient formées de petites chéloïdes rougeoyantes barrait son cou de gauche à droite comme si quelqu'un avait tenté de lui trancher la gorge dans un geste net et précis. Ce détail physique, pour insignifiant qu'il parût, me prouvait à quel point nous étions devenus étrangers l'un à l'autre. Il avait peut-être été victime d'une agression, avait subi une opération chirurgicale, et je n'en avais pas été informé. Je me gardai de lui faire la moindre remarque, à travers le verre de ses lunettes rectangulaires, ses yeux pers me fixaient avec une telle intensité que j'en perdis toute assurance. Ses traits s'étaient creusés, dessinant deux larges sillons autour de ses lèvres. Son visage hiératique, étrangement sombre, était aussi atrophié qu'un membre plâtré. La couleur de ses cheveux avait foncé, des épis marron se mêlaient maintenant aux mèches cuivrées qui glissaient sur sa nuque. Il portait un jean élimé qui moulait ses jambes fines, un pull-over noir déformé et, aux pieds, ses éternelles Clarks. A trente-quatre ans, il ressemblait encore à un adolescent, il n'avait jamais pu se résoudre à quitter le monde de l'enfance. Il avait habité chez nos parents jusqu'à l'âge de vingt-huit ans, avait dormi dans sa chambre d'enfant, cette chambre que nous avions partagée pendant des années, une pièce aux murs nus, en tous points différente de ces chambres d'adolescents tapissées de posters. Après son bac, il avait fait des études de droit — sans grande conviction, par égoïsme, comme tout ce qu'il entreprenait, pour apprendre à se défendre lui-même plutôt que par vocation altruiste. Il avait commencé une thèse de droit, se destinant à une carrière dans l'enseignement, par dépit encore, car il me semblait que tout ce qui lui arrivait était le fruit d'une malédiction familiale à laquelle j'avais échappé : la résignation. A l'âge de vingt-huit ans, il sacrifia sa thèse (deux ans de recherche !), une carrière d'avocat, pour écrire. Ce fut à cette époque qu'il s'inscrivit dans une agence d'intérim ; il exerça successivement les fonctions de plongeur à la Tour d'Argent, manutentionnaire à Carrefour, documentaliste au *Nouvel Observateur*, responsable de bar au Gymnase Club, assistant juridique chez Universal pour finir promeneur de chiens, un emploi « idéal et bien rémunéré » selon ses propres termes. Quatre ans plus tard, il écrivit un roman que je lui avais inspiré — il gagnait sa vie en racontant la mienne. Il emménagea d'abord dans une chambre de bonne, rue de Belleville puis s'installa dans un minable studio meublé, rue Pergolèse, à quelques mètres de chez moi. Il roulait encore avec sa vieille Vespa qu'il avait eue pour ses vingt ans, fumait les mêmes cigarettes qu'à quinze ans, des Camel. Et je le retrouvais, tel que je l'avais toujours connu, avec cette même allure androgyne, ce subtil brassage des sexes qui l'auréolait de féminité. Lorsqu'il était enfant, il n'était pas rare qu'on le prît pour une fille, il favorisait cette incertitude autour de son identité sexuelle en portant ses cheveux jusqu'au milieu de la nuque et en ne choisissant que des vêtements unisexes : des chemises et des pulls cintrés, des pantalons droits. Son visage, picoté de taches de rousseur, était presque imberbe, seuls quelques poils châtains parsemaient son menton. Il paraissait tendu, nerveux mais son regard dégageait une grande douceur ; c'était inhabituel chez un homme qui ne savait que cracher, avilir, dénoncer. Il n'émit aucun commentaire, comme s'il m'avait quitté la veille, alors que je ne l'avais pas revu depuis plus d'un an. Je savais pourtant que j'avais maigri — j'avais perdu cinq kilos en un mois suite à un régime amaigrissant ; mon visage avait pris une teinte cendreuse, même mes séances d'U.V. ne masquaient plus mon anémie. Je ne pesais plus que soixante-dix kilos pour 1 m 80 ; je me croyais atteint de toutes les maladies. Chaque jour, je présentais de nouveaux symptômes : maux de tête, douleurs articulaires, insomnies, vertiges. Mon médecin me prescrivait des analyses sanguines, m'assurait de mon bon état général mais, lorsque je croisais mon reflet dans un miroir, ce que j'y voyais ne faisait que conforter mes craintes. Je travaillais trop, je me droguais, je menais tant de vies ; à ce rythme-là, je succomberais d'une crise cardiaque.

Je restai debout, face à lui — la dernière chose dont j'avais envie, c'était de le revoir. Il était compliqué, caractériel, névrosé : une personnalité difficile, incompatible avec la mienne. Non que je fusse un être facile à vivre, insouciant — l'exercice du métier de *trader* bloquait toute aspiration à la sérénité —, mais je n'étais pas habité par ces tourments qui le dévoraient et l'éloignaient de lui-même. En écrivant sur moi, c'était lui qu'il fuyait. Et il me fallait l'affronter — au nom des devoirs familiaux, plus aliénants que les devoirs conjugaux car ils impliquaient des obligations non pas envers une mais plusieurs personnes, liées par les liens du sang —, il n'y avait pas d'autre voie que l'affrontement ! Les mots sortirent lentement de ma bouche, comme des membres cherchant leur motricité après une longue période d'invalidité.

— Pourquoi as-tu souhaité que je vienne ? lui demandai-je sur un ton qui dissimulait mal mon amertume.

— Ta femme ne te l'a pas dit ? Je l'ai pourtant eue au téléphone tout à l'heure...

D'une voix ferme, presque autoritaire, je lui rappelai que je lui avais interdit de parler à ma femme mais, pour toute réponse, il me lança sur un ton lapidaire qu'il n'avait jamais rien eu à lui dire. C'était lui, curieux, peu scrupuleux, cherchant à obtenir des renseignements sur ma vie privée tel un agent missionné par les services secrets. Claire m'avait menti lorsqu'elle m'avait affirmé qu'il s'était contenté de laisser un message. Je lui avais pourtant recommandé de ne jamais s'adresser directement à lui avec la fermeté d'un père qui aurait interdit à sa fille de répondre à un inconnu. Il avait ouvert les hostilités en se référant à ma vie, j'y voyais une forme de provocation, une déclaration de guerre ; nos relations étaient tellement tendues que j'interprétais la moindre de ses remarques comme une preuve supplémentaire de son mépris. J'étais cet enfant blessé qui a été mordu jusqu'au sang par le chien de la famille, l'animal bon et loyal, celui dont on ne se méfiait pas et qu'il aurait fallu piquer depuis longtemps.

— Je suis en train de m'occuper de la mise sous tutelle de Papa, reprit-il, et je dois te faire signer quelques documents.

— Tu aurais pu me les envoyer par coursier.

— J'ai aussi besoin de ton accord avant de procéder à la vente de la bibliothèque.

— Comment ? Tu veux vendre tous les livres de nos parents, leurs seuls biens ?

— J'ai mis de côté les livres anciens, les exemplaires numérotés ou dédicacés. Tous les autres vont être vendus, un bouquiniste doit passer demain après-midi pour me faire une offre ; si tu souhaites en prendre quelques-uns...

— Non, vends-les tous.

— Tu es donc devenu allergique aux livres ?

— A tous les livres je ne crois pas, mais aux tiens, sûrement.

Son regard se voila, je n'y décelai plus aucune douceur. Nous nous affrontions déjà à travers ce simple échange visuel comme si nous cherchions une parade à l'interdiction qui nous était faite de nous battre à mains nues. Et pourtant, il eût été préférable de nous frapper. A ses coups, j'aurais su répliquer tandis que face à ce regard dur que n'éclairait aucune tendresse, je redevenais cet enfant — que je n'avais peut-être jamais cessé d'être —, le cadet condamné à l'obéissance. Il sortit de la poche de son pantalon un paquet de cigarettes, en saisit une qu'il alluma aussitôt d'un geste maladroit. Son regard devint fuyant, un monde imaginaire s'y terrait. Il était déjà ailleurs, là où je n'étais pas mais où je me trouverais bientôt projeté *malgré moi.* Qu'est-ce qui ne lui convenait pas dans sa propre vie pour qu'il en vienne à détruire la mienne ? Il décrivait le moindre de mes faits et gestes dans ses livres, il avait fait de mon existence un spectacle, et il osait qualifier cela de « roman ». Après la publication du *Tribunal conjugal*, je lui avais proposé la somme de trois cent mille francs pour qu'il cesse d'écrire sur notre famille. Il avait non seulement accepté l'argent mais avait de surcroît relaté cette proposition dans son livre suivant : « *Hier mon frère a tenté d'acheter mon silence. Il m'a donné trois cent mille francs pour que je m'engage à ne plus raconter ses trahisons, ses adultères, que je* ne divulgue pas ses délits d'initié. Mais les écrivains n'ont ni conscience professionnelle ni déontologie. Ils sont le contraire des médecins, ils grattent les plaies, ouvrent les blessures. Ils se jurent à eux-mêmes de dire toute leur vérité. La littérature n'est pas un état de droit ; la fiction autorise toutes les transgressions. J'ai accepté son argent et j'ai écrit. De corrupteur, mon frère est devenu mécène. »

Discours insane ! Il était semblable à ces dictateurs sous l'autorité desquels les peuples ploient, livrés à eux-mêmes, abandonnés. Je n'avais jamais vraiment su pour quelles raisons mon frère dévoilait ma vie, je lui avais posé la question à l'occasion d'une rixe qui nous avait opposés après la publication de son premier livre mais, pour toute réponse, il s'était contenté de sourire. Qu'est-ce que j'attendais de lui ? Qu'il me dise : j'écris pour obéir aux lois de la création, de la transmission, de la vocation, de l'imagination ? J'écris pour laisser une trace, j'écris pour témoigner, parce que cela m'est nécessaire, vital, par provocation, par déraison ? Il ne me le dirait pas parce que ce serait me mentir que de proférer de telles banalités ! Pourquoi écrivait-il ? Que cherchait-il à transmettre ? Rien, probablement. Vouloir trouver à tout prix une raison à un projet d'écriture était aussi absurde que de chercher un sens à la vie. C'était peut-être ce qui lui manquait, ce qui lui avait toujours manqué : donner un sens à sa vie, à sa présence au sein d'une famille.

— Je ne t'ai pas appelé pour créer de nouveaux conflits, reprit-il, nous devons régler certaines questions ensemble, je te rappelle que nous y sommes obligés par une décision judiciaire.

Une décision judiciaire, voilà ce que j'aurais dû obtenir pour faire cesser les troubles dont j'étais la victime ! Il osait invoquer la loi, lui qui, après l'avoir étudiée pendant près de huit années, n'avait fait que la transgresser. Il me tournait le dos. J'observais sa nuque sur laquelle glissaient ses cheveux roux. Il se retourna brusquement, je ne le regardai pas, je fis quelques pas jusqu'à la fenêtre. A travers la vitre, je distinguais les tours voisines qui se détachaient du ciel. Le soleil déclinait lentement, j'aimais cette heure du jour, quand le ciel, entre chien et loup, lance ses ombres sur la ville. Je ne voulais pas croiser son regard. Notre incapacité à communiquer se traduisait par cette volte-face et par un mot, un seul — SILENCE —, un silence ponctué de bruits anodins — le souffle d'une respiration, le frôlement d'un tissu, le claquement d'une semelle contre le carrelage — et de bribes de phrases décousues, vides, dénuées de toute émotion. C'était toujours une question de langage. J'avais oublié le langage amoureux, mon père parlait un dialecte étrange — une langue morte — tandis que mon frère créait lui aussi son propre langage en écrivant. Pourquoi ma femme ne comprenait-elle pas ce que je lui exprimais simplement ? Que disait mon père ? Je ne saisissais pas un traître mot de son discours ! Quel sens fallait-il donner aux phrases déconstruites de mon frère ? Je ne savais pas les traduire ! Et comme ces ouvriers qui s'étaient hissés en haut de la tour de Babel, nous découvrions — horrifiés — que nous ne parlions plus la même langue. Nous ne nous comprenions plus.

Nous restâmes un long moment, figés dans une posture qui trahissait moins la négation de nos propres désirs que le refus d'assumer un dialogue que nous avions rompu depuis longtemps — nous n'avions rien à nous dire ! — jusqu'à ce qu'il pose sur la table du salon divers documents que je paraphai et signai sans même les avoir lus.

Là, devant la porte, je lui promis de le rappeler alors que nous savions l'un comme l'autre que je n'en ferais rien au nom de l'inviolable devoir de silence que nous nous étions tacitement imposé. Il insista pour me donner quelques livres et pour me rendre mes affaires ; je déclinai son offre. Qu'il vende l'appartement ! Qu'il cède les livres et avec eux notre enfance ! De lui, je ne souhaitais plus rien savoir.

Je n'aurais jamais dû transgresser la règle n° 4. A l'instant où Alicia franchit le seuil de mon appartement, je regrettai de lui en avoir fait la proposition. Habituellement, je la retrouvais chez elle, dans son bel appartement de la rue Saint-Dominique ou, si le temps nous manquait, au Plaza qui était situé à quelques rues de mon bureau. Il était près de vingt-trois heures lorsqu'elle frappa à la porte de chez moi, tout doucement, comme si elle craignait de nous surprendre — Claire et moi — dans notre intimité, cette toile que ma femme avait tissée. Et cette personne qui me libérait, cette femme qui dénouait les fils de mon union, c'était Alicia. Depuis plusieurs mois, c'était elle qui, chaque jour, m'aidait à m'échapper, ne fût-ce qu'un court instant, et voilà qu'à son tour, elle ne résistait pas à la tentation de m'attacher à elle, en serrant fort comme si notre amour était un corset qu'il fallait lacer en permanence, serrant encore malgré mes cris de protestation, mes supplications et mes menaces — je ne voulais appartenir à personne. Elle avait accepté de venir chez moi en l'absence de Claire pour envahir mon territoire, mieux me connaître et me posséder davantage. En l'accueillant chez moi, je croyais apaiser ses craintes.

Je ne fis que les attiser. Je sentais son regard scruta-
teur, et à la façon dont elle déambulait à travers les
pièces, je devinai qu'elle se croyait en terrain
ennemi. Elle longeait les murs, marchait à petits pas,
avançait à tâtons, méfiante et apeurée. Plus je la
regardais et plus je sentais poindre en moi une
angoisse. J'étais incapable de réfréner mes pulsions,
je me mettais moi-même en danger. C'était la
deuxième fois que je recevais une femme chez moi.
Au début de mon mariage, j'avais invité celle qui
était alors ma maîtresse, une courtière — Laure
— dont j'avais fait la connaissance chez des amis
communs. A son regard las, j'avais deviné que sa vie
l'ennuyait ; rien ne m'excitait plus que de rallumer le
désir dans le corps des femmes négligées. Notre liaison avait duré trois semaines. Une fois — une seule
fois —, elle avait dormi chez moi. Deux jours plus
tard, je la quittai après qu'elle m'eut menacé de tout
raconter à ma femme. Elle s'était finalement confiée
à mon frère, confesseur occasionnel qui officiait à
mes dépens. Il avait recueilli ses confidences et avait
retranscrit ses paroles en les romançant et en utilisant
le mode narratif.

La maîtresse

C'était l'absence de livres qui m'avait sauté aux
yeux en franchissant le seuil de son appartement. A
moins que ce ne fût la présence envahissante de ses
photos de couple posées çà et là sur tous les meubles
comme des preuves irréfutables de leur amour
— oui, ils paraissaient heureux, ils exposaient leurs
signes extérieurs de bonheur avec une fierté vulgaire.
Ces photos vous assuraient — au cas où vous en

doutiez — que ces gens-là s'aimaient, s'embras-saient, faisaient l'amour. Des dizaines de photogra-phies les représentant lui et sa femme en gros plan, souriants et bronzés, lui et elle, allongés sur une plage, lui et elle — encore — en combinaison de ski sur une piste enneigée. Lui et elle, enfin, enlacés, amoureux. Et le voilà, lui — seul sans elle —, se tenant droit derrière moi tandis que je pose un regard gêné sur les photos de son bonheur, le voilà qui me saisit par les hanches et avant que j'aie pu détourner les yeux, tire mes cheveux comme s'il s'agissait d'une bride, il tire et je m'affole, je prends peur. Il n'est plus l'homme tendre et rassurant de la photographie, cet époux modèle. Qui est l'homme qui me prend brutalement tandis que l'autre, son double sur papier glacé, semble nous défier du haut de son inexpugnable bonheur ? Il me fait mal, son désir se plante en moi comme des débris de verre, mon cœur s'emballe à mesure que ses doigts s'enfoncent dans ma chair, s'agrippent à moi, j'ai tout à coup envie de hurler : je ne sais plus si c'est la brutalité avec laquelle il s'empare de mon corps qui me fait souf-frir ou la douceur qui émane de leurs visages sur les photographies.

Ce passage figurait au deuxième chapitre du *Tribu-nal conjugal*. Au chapitre précédent, mon frère avait décrit notre appartement avec minutie, révélant des détails intimes. C'est en lisant son livre que ma femme avait appris que j'avais une liaison extracon-jugale. Je m'étais juré de ne plus jamais commettre cette erreur ! Et voilà qu'une autre femme pénétrait dans mon salon, observait mon mobilier, mes photos, s'imprégnait de ma vie privée. Elle paraissait tendue, presque intimidée, ne cessait de répéter qu'elle se sentait mal à l'aise : « c'était une mauvaise idée, je n'aurais jamais dû venir ici », je la laissai énoncer ses craintes et j'introduisis un disque de Caetano Veloso dans la chaîne stéréo pour détendre l'atmosphère. Elle s'assit sur le canapé du salon, je priais intérieurement pour qu'elle ne remarque pas l'auréole qui tachait le velours pourpre.

— Tu veux boire quelque chose ? lui demandai-je.

— Non, répondit-elle d'une voix étranglée.

Je ne l'avais jamais vue aussi craintive. Elle portait une robe vaporeuse, surpiquée de dentelle noire, qui ressemblait à une simple nuisette mais que j'avais payée plus cher qu'une robe de soirée chez un couturier de la rue du Faubourg-Saint-Honoré. Ses pieds étaient chaussés d'escarpins en nubuck noir rehaussés d'une bride. Contrairement à nos habitudes, je ne lui demandai pas de les ôter, je n'éprouvais plus le besoin impérieux de les tâter, de les caresser, de les sucer. Je me déshabillai puis je m'assis à côté d'elle mais elle me repoussa.

— Si cela peut t'aider, tu n'as qu'à penser que tu es une call-girl et moi ton client, je te paye...

— Tu es un malade ! s'écria-t-elle.

Je me précipitai sur elle pour l'embrasser. Je contrôlais mal mes désirs, j'étais trop impétueux ; ma lascivité avait plus d'une fois effrayé les femmes qui partageaient ma vie. Alicia se débattait comme un animal sauvage, je tentais de la maîtriser, elle me résistait. Je serrai ses poignets entre mes doigts, plaquai mon corps contre le sien et introduisis ma langue dans sa bouche. Elle me repoussa avec une telle violence que je basculai en arrière, manquant de me briser le crâne.

— Je vais me lasser, lui dis-je sèchement en me rhabillant.

— Je sais, répliqua-t-elle avec dépit.

Je me levai, mon téléphone portable se mit à sonner, je fis signe à Alicia de ne pas parler en posant un doigt sur ma bouche. C'était un collègue qui me demandait un conseil. Alicia me scrutait, je sentais son regard sur moi. Sitôt que j'eus raccroché, je m'allongeai sur elle, je lui mordillai le cou, léchai son visage. Sa peau, qu'elle aspergeait de lotions et de parfums, avait un goût sucré. Alicia me résistait toujours.

— Je crois que tu ferais mieux de partir, murmurai-je en la repoussant brutalement.

Et aussitôt, craignant d'être déjà chassée du lieu où elle voulait renaître, elle marcha jusqu'à ma chambre à coucher comme s'il s'agissait d'un chemin qu'elle empruntait chaque matin. Elle retira ses chaussures, se déshabilla — elle portait des dessous en soie noire —, s'allongea sur mon lit et se lova dans les draps bleus, des draps que ma femme avait choisis. Je la suivis, je m'assis sur le rebord du lit. Elle se pelotonna contre moi et, pour la centième fois, lâcha cette phrase : Pourquoi refuses-tu de quitter ta femme ? dont la seule prononciation émiettait notre amour. Pourquoi ? Parce qu'elle était enceinte et que je n'aimais pas les ruptures ! J'ai toujours préféré maintenir des liens artificiels que rompre définitivement une relation qui m'avait comblé un temps. Alicia retroussa ses lèvres, chassa la douleur que l'image de mon apparent bonheur conjugal lui infligeait et, au moment où je portai ses doigts à ma bouche, revint à la charge en me sommant une nouvelle fois de prendre une décision. Je détournai mon regard, rien ne m'indisposait plus que d'avoir à me justifier auprès de ma maîtresse lorsqu'elle s'arrogeait les prérogatives de ma femme. J'essuyai mon visage avec le drap tandis qu'elle égrenait ses griefs : Je suis toujours seule, jusqu'à quand devrai-je supporter cette situation ? Je suis à bout de nerfs, Vincent. Pour une fois, fais quelque chose pour moi, prouve-moi que tu m'aimes ! Elle réclamait des preuves d'amour, rien ne me paraissait plus simple que d'en donner : il suffisait de pénétrer dans n'importe quelle boutique de luxe, si possible un joaillier et d'en ressortir avec un compte débiteur. Les mots d'amour, je les abandonnais à ceux dont le revenu mensuel ne dépassait pas les 3 000 euros. Chaque semaine, j'achetais un somptueux cadeau aux femmes qui partageaient ma vie, j'offrais toujours les mêmes objets à ma femme et à ma maîtresse afin de comparer leurs réactions. Ma femme considérait un présent comme un dû tandis que ma maîtresse le recevait avec un bonheur si expansif qu'il en était désarmant. A ma femme, je disais : « Tiens, c'est pour toi » en lui tendant le paquet.

« Merci », renchérissait-elle, d'une voix atone. Elle déchirait le papier cadeau d'un geste las, ouvrait la boîte, brandissait l'objet avant de le poser par terre comme une vulgaire pochette-surprise. Elle était blasée. Ou déprimée. Au choix. Avec Alicia, la scène se déroulait de manière radicalement différente. Je lui tendais le même paquet et aussitôt elle me remerciait sur un ton où éclataient la joie, l'excitation, la surprise. Elle me regardait de ses grands yeux bruns ébahis — des yeux brillants de désir que la vie commune n'avait pas ternis —, elle déchirait le papier cadeau d'un geste brusque, excitée comme une petite fille, ouvrait la boîte et brandissait l'objet avant de s'en parer. Puis, elle se jetait dans mes bras, m'embrassait fougueusement en murmurant : Tu es unique, une phrase que je ne pouvais pas espérer entendre dans ce lit.

— Je t'en prie, calme-toi ! m'écriai-je, excédé.

En vain. Elle balançait son corps long et délié comme si elle était montée sur ressorts, je notais avec compassion la façon dont elle affichait sa mobilité, sa souplesse, son énergie, espérant par contraste attirer mon attention sur les futures difficultés motrices de ma femme. Oui, j'avais pitié de cette femme vivante et valide qui s'évertuait sous mes yeux incrédules à me prouver qu'elle m'aimait en mobilisant ses cinq sens, cette femme encore jeune et belle, animée du seul désir de me garder. Ma femme s'interposait entre nous comme un obstacle qu'Alicia souhaitait détruire quand je me bornais à le contourner. Je m'allongeai sur le flanc droit afin de ne plus croiser son regard.

— Que se passe-t-il ? demanda-t-elle avec une once d'inquiétude dans la voix.

— Je suis fatigué, chuchotai-je.

Je perçus un froissement de tissus puis je sentis le corps nu d'Alicia contre mon dos. Je lui donnai un coup de pied.

— Qu'est-ce qui t'arrive ? s'écria-t-elle.

— Tu veux être ma femme, non ? Eh bien, je ne

peux pas éprouver de désir pour celle qui est ma femme sept jours sur sept.

Alicia ouvrit grands les yeux, ne sachant comment interpréter ma soudaine indifférence. Son visage se crispa, sa bouche se figea en un rictus teinté de crainte et d'incompréhension.

— Mais enfin c'est ridicule, à quoi joues-tu ?

— Je vais te prouver que ton statut est plus enviable que celui de ma femme mais puisque tu veux en changer...

— Pourquoi m'as-tu demandé de venir ?

— Parce que tu m'as demandé de choisir ! Pour savoir si tu feras une bonne épouse, j'ai besoin de te tester. J'attends d'une épouse qu'elle soit aimable, jolie, élégante sans ostentation, dévouée, fidèle, sérieuse. D'une maîtresse, j'exige qu'elle soit mutine, coquine, sensuelle, exubérante, charnelle, discrète, totalement dis...

— Reste avec ta femme ! s'écria Alicia en me lançant l'oreiller au visage.

— C'est exactement ce que je souhaitais t'entendre dire !

Ce fut à cet instant précis que le drame se produisit. Alicia n'était chez moi que depuis un quart d'heure quand ma femme — celle qui l'était officiellement sept jours sur sept — surgit dans la chambre à coucher, les cheveux décoiffés, le visage déformé par la colère, elle criait mais je ne comprenais pas le sens exact de ses hurlements. Il y avait la présence d'Alicia nue dans notre lit. Il y avait mon corps nu près du sien. Mais il y avait surtout ces taches de sang noir qui maculaient la jupe de ma femme, sa main serrant son ventre, sa bouche béante, déformée par une grimace comme si elle était offerte aux doigts d'un tortionnaire. Alicia criait : c'était moins la honte d'avoir été surprise nue que la vision du sang qui l'horrifiait. Je ramenai le drap sur son corps et quittai brutalement le lit sans émettre le moindre mot, Claire hurlait si fort qu'il était impossible de couvrir sa voix. Je m'habillai à la hâte, Claire criait toujours, figée ; elle attendait qu'un événement se produise, une expulsion sans doute, mais laquelle ? Je m'avançai vers elle, doucement pour ne pas l'effrayer et avant qu'elle émît le moindre reproche, je la pris dans mes bras et l'emmenai à l'hôpital.

Pendant le trajet en voiture, Claire resta silencieuse. A ses cris, j'aurais su répondre. Mais, face à ce mutisme, je me sentais impuissant. Il fallait deviner ses pensées, anticiper les griefs que tôt ou tard elle ne manquerait pas de m'adresser. J'allumai le poste de radio, sélectionnai une station qui diffusait une chanson des Beatles. *All you need is love !* En entendant ce refrain, cette musique forte et enjouée qui contrastait tant avec la dureté de la situation dans laquelle nous nous trouvions Claire et moi — Claire contre moi —, je lâchai un soupir de dépit. J'observais Claire dans le rétroviseur — elle s'était recroquevillée sur la banquette arrière en position fœtale —, je distinguais les taches de sang qui maculaient ses vêtements. *Love is all you need.* J'éprouvai de la compassion pour ma femme et soudain, j'eus honte — oui, pour la première fois, ce sentiment me submergea — de lui avoir fait subir le spectacle obscène de mon infidélité. Je ressentais l'humiliation qui avait dû être la sienne au moment où elle m'avait surpris avec Alicia dans *notre* appartement, lovés dans *notre* lit. J'entendais les sanglots qu'elle ne parvenait plus à contenir. Et je compris que c'était ma propre lâcheté que j'occultais en dénonçant celle de mon frère. Je détestais ses livres non pas parce que je ne me reconnaissais pas dans la description qu'il faisait de moi mais au contraire parce qu'il s'agissait de moi ! Cet homme cynique et manipulateur — c'était moi. Cet homme doué pour le sarcasme et le mensonge — c'était moi. Et pourtant, même confronté à cette évidence, même accablé par la douleur de ma femme, par celle d'Alicia, je ne songeai pas à renoncer à mener de front ces vies parallèles tant je me sentais incapable de me satisfaire d'une seule.

« Votre femme risque de perdre le bébé », m'annonça froidement le médecin qui avait examiné Claire dès notre arrivée à l'Hôpital américain. C'était un homme de grande taille, au visage glabre, aux membres noueux ; il parlait lentement, d'une voix cuivrée, comme s'il m'administrait un breuvage anesthésiant à travers les mailles de ses paroles. Je l'écoutai, les lèvres entrouvertes, je bus le calice jusqu'à la lie.

A ce moment précis, quelque chose en moi se brisa. Ce simple mot « perte » suffit à m'ébranler — c'était un mot dont je ne connaissais pas le sens, un mot qu'il faudrait désormais intégrer et définir dans mon dictionnaire personnel.

« Je suis désolé », ajouta le médecin sur un ton de condoléances alors que j'aurais voulu qu'il se taise ; en parlant, il cherchait sans doute à justifier les honoraires exorbitants que, malgré sa désolation, il ne manqua pas de me demander.

Je rejoignis Claire dans sa chambre : c'était une pièce très spacieuse, élégamment décorée qui ressemblait plus à la suite d'un hôtel de luxe qu'à une chambre d'hôpital. Son teint était plâtreux, elle avait perdu beaucoup de sang — la perte encore, ce mot résonnait en moi avec l'intensité d'un cri. Elle regardait dans le vide comme si une mer étale s'étendait au loin et que son regard s'y noyait. J'y lisais l'amertume, le désespoir, la déception, ce que j'y voyais dans les miens lorsqu'ils se reflétaient dans un miroir. Je m'assis au bord de son lit. Je redoutais l'épreuve du dialogue.

— Je suis désolé, ânonnai-je, espérant que ces mots employés par le médecin auraient des vertus curatives.

— De quoi es-tu désolé ? renchérit aussitôt ma femme. De m'avoir trompée ou d'avoir appris que je risquais de perdre notre enfant ?

Elle avait prononcé cette phrase sur un ton plein d'aigreur ; l'agressivité que sa voix dégageait me dissuadait de me justifier. Je pris sa main dans la mienne, commençai à en caresser la paume quand elle me repoussa avec vigueur.

— Cette fille que tu as vue n'est rien que...

— Ne commence pas, coupa-t-elle sèchement. Je m'en doutais déjà depuis des mois...

Que pouvais-je lui répondre ? Sitôt qu'elle serait rétablie, elle demanderait le divorce, si elle perdait l'enfant, plus rien ne nous retenait, nous étions libres de nous séparer. Elle s'était sentie trahie, elle n'avait plus confiance en moi. Elle détenait toutes les preuves de mes infidélités. J'avais pourtant été si précautionneux ! Je n'avais jamais embrassé Alicia en public, nos rares apparitions ensemble prenaient la forme de simples déjeuners d'affaires, je ne réservais pas les chambres d'hôtel sous mon nom, je ne réglais pas la note avec mon AmEx platinium, je respectais chacune des règles que j'avais édictées jusqu'à ce que je commette cette erreur fatale. Mais avant cela, quelles preuves tangibles détenait-elle ? Des photographies ? Impossible. Des enregistrements téléphoniques ? Improbable.

— Pourquoi t'en doutais-tu ? demandai-je, tout en pensant intérieurement : Comment ne t'en es-tu pas aperçue plus tôt ?

— Intuition féminine...

— Pff... L'intuition féminine n'est qu'une version déguisée de la jalousie.

— Non, je n'étais pas jalouse, je te faisais confiance mais tu rentrais de plus en plus tard. Au début, je justifiais ton indifférence par le fait que tu travaillais beaucoup et puis j'ai douté.

Elle fronça les sourcils, haussa les épaules.

— J'ai prétexté ce voyage à Quiberon parce que je savais que, si tu me trompais comme je le craignais, tu profiterais de mon absence pour recevoir cette femme. Lorsque ton frère a raconté dans l'un de ses livres que tu avais reçu une de tes maîtresses chez nous, je l'avais cru, puis tu m'avais persuadée qu'il avait tout inventé. Par amour, par aveuglement, par lâcheté peut-être, je t'avais fait confiance. Maintenant, il s'agit de la réalité, je t'ai vu avec elle !

— Que vas-tu faire ? demandai-je.

— Je ne sais pas, murmura-t-elle. Je n'ai encore rien décidé.

Elle posa sa tête sur l'oreiller, se retourna sur le flanc gauche.

— Laisse-moi, maintenant, il est presque deux heures du matin, j'ai besoin de dormir.

A sa voix, je devinai qu'elle réprimait ses sanglots. Je lui proposai de passer le reste de la nuit avec elle, le personnel de l'établissement avait mis un lit à ma disposition mais Claire refusa, « ma mère va dormir avec moi », dit-elle, « je viens de l'appeler ». Il aurait fallu insister, imposer ma présence en dépit des réserves que Claire avait émises ; ma place était auprès d'elle, il y avait une forte probabilité qu'elle perde notre enfant, c'était une épreuve douloureuse que nous traverserions ensemble. Pourtant, je n'en fis rien, je déposai un baiser furtif sur son front et je sortis de la chambre ainsi qu'elle l'avait exigé. Plus tard, elle affirmerait que j'avais été lâche, qu'elle avait perdu pour moi toute estime. Je l'avais trompée. Je l'avais abandonnée. Elle m'avait placée elle-même dans la situation du fauteur pour mieux me le reprocher ensuite. Pour mieux me quitter ? C'était sans doute par confort matériel qu'elle était restée avec moi en dépit de mes trahisons. Menait-elle aussi une vie parallèle ? Il m'était impossible d'imaginer ma femme au bras d'un autre homme. Je lui offrais tout ce qu'elle désirait, réalisais le moindre de ses caprices et je voulais croire qu'elle n'exigeait rien d'autre d'une relation amoureuse. M'avait-elle jamais aimé ? Le doute s'immisçait en moi comme un animal malade qui, après avoir trouvé refuge dans ma tête, détériorait ma confiance, souillait mon intérieur sans que je puisse l'en chasser. Oui, je doutais de l'amour de ma femme. Je savais en revanche qu'elle partageait mes goûts vestimentaires et mobiliers, ma passion pour les voyages, les voitures : nous avions certaines *affinités*. Mes parents ne m'avaient laissé entrevoir l'amour qu'à travers les livres dont ils considéraient qu'ils étaient des codes d'apprentissage de la vie. Eux-mêmes ne pouvaient pas me servir de modèles, ils s'aimaient d'un amour étrange, une forme de communion intellectuelle ; leurs esprits étaient en parfaite harmonie tout comme le sont des corps mus par la même attraction. Ils parlaient pendant des heures, ils se caressaient avec leurs mots, leurs désaccords intellectuels étaient aussi virulents, leurs débats aussi animés que la banale dispute de deux amoureux. Je n'avais jamais connu une entente de cet ordre-là avec une femme. Avec Claire, l'amour s'apparentait à un rapport mercantile : il y avait un débiteur, un créditeur ; nos relations étaient aussi saines que peuvent l'être celles qui unissent un banquier et son client. Il faudrait maintenant cesser nos contacts, notre séparation serait une grande transaction financière menée par des avocats. Le sien me réclamerait la moitié de nos biens, le versement d'une pension alimentaire, des dommages et intérêts peut-être. Notre mariage était une entreprise vouée à la faillite.

Le bonheur s'exhibe. Il est bruyant, vaniteux, ostentatoire. Le malheur n'est qu'humilité. Il vous maintient la tête vers le bas, vous fait ployer, vous écrase. Du sol, on ne domine plus rien : ni soi, ni les autres. Ce passage extrait du *Tribunal familial* me bouleversait. Je passai le reste de la nuit au bar du Plaza, dans un état presque hypnotique, assommé par un mélange de coke et de gin. En dépit de nos querelles intestines, les mots de mon frère m'émouvaient. Je ne m'étais jamais senti aussi accablé que ce jour-là. Non que je n'eusse été confronté au deuil — j'avais déjà perdu ma mère —, mais pour la première fois, je risquais de perdre sans avoir jamais possédé. Si l'enfant mourait, notre livret d'état civil ne mentionnerait même pas son existence. Il n'y aurait rien à déclarer puisque la loi ne lui conférait aucun statut juridique. Ma vie était peuplée d'êtres humains réduits à l'état d'objets, je la comblais d'objets véritables dont l'acquisition me procurait un bien-être furtif.

La menace de la perte de l'enfant avait *tout* changé. J'éprouvais de la compassion pour ma femme et, envers moi-même, un sentiment proche du dégoût. Oui, je me méprisais. A quatre heures du matin, je sortis de l'hôtel, remontai à pied l'avenue Montaigne, traversai la place de l'Etoile avant de rejoindre l'avenue Foch. Des dizaines de prostituées se postaient devant les réverbères, à quelques mètres de l'entrée des immeubles cossus. Je ne pouvais résister au plaisir d'observer les hommes qui stationnaient leur véhicule devant elles, je tentais de deviner leur identité, leur profession, leur situation familiale, je pensais aux mensonges qu'ils avaient dû inventer pour justifier leur absence, une réunion, un dîner d'affaires, un déplacement. J'avais plusieurs fois eu recours aux services de call-girls, des filles triées sur le volet dont nous nous échangions les numéros pour les tester à tour de rôle. Cette nuit-là, pour la première fois, je me dirigeai vers ces innombrables femmes que je ne saurais décrire autrement que par leurs chaussures. Je croisai des escarpins à bouts ronds et d'autres à bouts pointus ; des mocassins en cuir, des sandales bon marché, des bottes incrustées de clous, des bottines frangées, des mules qui laissaient apparaître des plantes de pied calleuses, des tongs, des baskets, des cuissardes en daim noir. Je vis même des pieds nus, de superbes spécimens qui ne devaient pas mesurer plus de 36 cm et dont les ongles peints en rose vif étaient ornés de strass. Je choisis une paire de ballerines roses taillées dans un cuir souple, de l'agneau plongé sans doute. Je levai lentement la tête, m'attardant sur le galbe des mollets sanglés par des lanières en satin rose. C'était une jeune femme, vingt-trois ans au plus, dont le bas du corps paraissait disproportionné par rapport au tronc. Elle avait de très longues jambes, fines et élancées qu'elle dissimulait sous des bas opaques. Elle portait un justaucorps rose également et, dans les cheveux, un nœud en velours. Elle me fit penser à ces petites poupées que l'on voit danser dans les boîtes à musique destinées aux enfants. Elle me confia, dans un français hésitant, qu'elle avait été danseuse en Hongrie. Comment avais-je encore le courage (si j'affirmais mon point de vue), comment étais-je assez indigne (si j'envisageais mon attitude en sondant hypothétiquement l'esprit de Claire) pour me diriger vers une prostituée quand, au même moment, ma femme gisait sur un lit d'hôpital et ma maîtresse pleurait quelque part, peut-être encore à mon domicile ? D'où naissaient cette pulsion obscure, ce désir incontrôlable qui me poussaient à rester figé devant le corps à moitié nu d'une inconnue le soir où celui de ma femme avait été mutilé de l'intérieur, le soir où ma femme luttait pour garder l'enfant qu'elle portait ? Je n'eus pas le temps d'y répondre, j'avais déjà suivi la jeune femme.

Je ne dormis pas cette nuit-là. Après avoir passé deux heures en compagnie de la jeune Hongroise, je me rendis directement à mon bureau. Il était sept heures et demie lorsque je pénétrai dans les somptueux locaux de Salomon Brothers où se pressaient déjà les acteurs du monde de la finance. Je m'assis à mon bureau, pris connaissance des taux des indices boursiers, le Dow Jones, le Nasdaq à la clôture des marchés américains et japonais, regardai les graphiques sur Bloomberg, un ordinateur branché sur un réseau mondial auquel tous les *traders* avaient accès et qui mettait à notre disposition des informations, des bases de données, des outils d'analyse et une messagerie, puis j'appelai Emmanuel, un ami *broker** chez Finacor.

— Tu peux me *checker** du 10 ans ? demandai-je.

Au même moment, je téléphonai à ma femme mais ce fut sa mère qui me répondit. D'une voix sèche que ne troublait aucune émotion, elle me dit que Claire dormait et qu'elle ne voulait pas la réveiller.

« Qu'est-ce que vous avez encore fait subir à ma fille pour qu'elle se retrouve dans un tel état ? » me demanda-t-elle sur un ton qui contenait mal son agressivité. Tandis qu'elle me parlait, mon *broker* me transmettait ses informations.

— On a vu des gros acheteurs de 10 ans français, me dit-il.

— Ça tombe bien, j'en ai à vendre, répondis-je.

Au bout du fil, ma belle-mère vociférait toujours :

— Je lui avais dit de se méfier. Vous n'êtes pas un homme pour elle...

— Tu peux montrer une offre ? me demanda le *broker*.

— J'ai une offre pour 50 millions d'euros à 103,10.

— Si votre frère a écrit toutes ces horreurs sur vous, reprit la mère de Claire, c'est qu'il doit bien y avoir une part de...

Mais la voix du *broker* couvrit la sienne :

— 10 ans à 103,10, j'en ai 50 millions !

Nous y voilà ! Ce qu'il raconte sur moi est vrai puisque *c'est écrit* — l'écrit a force de loi. Je ne répliquai pas. Une fois encore, je la laissai monologuer puis, en raccrochant le combiné, je hurlai : « salope ! » si fort que mon interlocutrice, une cliente qui patientait sur l'autre ligne m'interpella : « Je t'ai demandé une offre pour 25 millions d'*OAT** 10 ans et tu m'insultes ! » « Je ne m'adressais pas à toi », murmurai-je, décontenancé tandis que mon portable sonnait. Alicia me téléphonait pour « prendre des nouvelles de ma femme », dit-elle mais je ne fus pas dupe de sa soudaine bienveillance ; je lui annonçai que ma femme risquait de faire une fausse couche et, pour toute réponse, elle soupira dans le combiné.

Ce fut une journée noire. Les indices boursiers atteignirent un niveau très bas. La volatilité du marché était telle qu'il était impossible d'émettre des prévisions fiables ; je jouais ma carrière professionnelle à chaque instant, je pouvais tout perdre ou tout gagner en l'espace d'une minute. Je restais concentré devant l'écran de mon ordinateur pendant des heures sans lever les yeux, sans prendre le temps de déjeuner, je limitais tous mes déplacements y compris ceux que j'effectuais au sein du bureau. Nous étions cinq *traders* dont une seule femme dans la même salle, nous passions plus de douze heures par jour ensemble. La promiscuité créait quelques affinités. Mais nous étions à l'abri de toute forme d'effusion amoureuse : notre instabilité professionnelle et cette incapacité à juguler les fluctuations boursières se répercutaient sur nos vies personnelles. Nous devenions aussi imprévisibles et insaisissables que le marché lui-même.

J'étais à mon bureau lorsque je reçus un courrier électronique d'Alicia qui contenait les mots suivants : « Il faut que je te parle. » Je ne lui répondis pas ; je souhaitais mettre un terme à notre liaison. Quelques minutes plus tard, je reçus un autre message : « Ce soir. Cinéma l'Epée de Bois, Séance de 22 h, *Parle avec elle*, de Pedro Almodóvar. Dernier rang. » Pourquoi s'acharnait-elle à me revoir après l'humiliation que l'irruption inopinée de ma femme nous avait infligée à tous les deux ? Sans doute espérait-elle secrètement que je renonce à mon mariage. L'enfant mort, qu'est-ce qui pourrait encore me lier à ma femme ? Elle me téléphona plusieurs fois dans la journée mais je reconnus son numéro et j'éteignis mon téléphone à chaque appel. Finalement, par veulerie autant que par lassitude, je lui dis que je la rejoindrais au cinéma. Je ne savais pas résister aux pressions d'une femme, je cédais dès la première menace, j'avouais, je dénonçais, je rendais les armes. En temps de guerre conjugale, j'étais du côté de ceux qui collaboraient avec l'ennemi lorsqu'il prenait l'apparence d'une jolie femme. Les ors et les honneurs de la résistance aux tentations adultères, de la fidélité, de la loyauté amoureuse, la palme du mari méritant, je les abandonnais aux autres. Et pourtant, contempteur des valeurs morales, j'en étais arrivé à ne plus pouvoir me supporter — moi, et mes poncifs sur la nécessité de vivre plusieurs vies, de connaître mille femmes quand une seule m'aurait suffi.

Vers dix-huit heures, je rejoignis Claire à l'hôpital. Au téléphone, son médecin m'avait rassuré sur son état et celui du bébé tout en me précisant qu'elle devait garder la position allongée pour un temps déterminé. Sa seule prescription ? Du repos. Claire n'avait jamais rien fait d'autre ! Dans la chambre d'hôpital, le médecin confirma le diagnostic de placenta praevia, l'enfant était hors de danger et Claire pouvait rentrer chez nous à la condition de rester sous surveillance. Il sourit béatement, s'approcha de moi et, d'un geste presque amical, pressa mon épaule en m'expliquant que, si les pertes de sang persistaient, nous devions éviter les rapports sexuels. Une incitation déguisée à l'adultère ! Cette soudaine intrusion dans mon intimité me mit mal à l'aise ; pour une raison inexplicable, je ne tolérais à cet instant aucun effleurement d'un corps étranger. Pourtant l'euphorie me gagnait. Je serrai ma femme dans mes bras, je m'imprégnais de son odeur, je me réchauffais contre son corps. Je sentis des gouttes glisser sur mon cou ; c'étaient des larmes que ses yeux expurgeaient presque naturellement comme si cette eau salée purifiait la souillure — le sang et la douleur.

« Je suis tellement heureux », murmurai-je en lui caressant les cheveux. La peur de perdre l'enfant la submergeait encore. Son corps était secoué de tremblements et de hoquets — réaction consécutive au séisme qui s'était produit à l'intérieur d'elle-même, à l'intérieur et pourtant hors d'elle car, en cet instant, l'enfant restait encore une entité abstraite, un être avec lequel elle ne faisait que partager son corps — un étranger. Tandis que Claire revêtait son manteau, je me rendis à l'accueil pour régler les frais d'hospitalisation et signer les documents de sortie. En dépit des injonctions du gynécologue, j'insistai pour emmener Claire avenue Montaigne, je pensai que quelques achats pourraient lui faire momentanément oublier l'épreuve qu'elle avait subie. Mais même la nouvelle collection Gucci ne put lui rendre le sourire. Elle déambulait entre les rayons, balayait les étagères de son regard vide que d'autres auraient plus justement qualifié de « blasé » ; elle essaya toutefois une jupe noire, insista pour obtenir une taille 34 quand la vendeuse lui recommandait une taille 36 ; la fermeture Eclair resta bloquée, Claire avait pris du poids, elle se regarda un long moment devant le grand miroir « grossissant » en vociférant contre elle-même puis, dans un geste rageur, se déshabilla et lança la jupe par terre. Elle sortit du magasin, déprimée et en larmes comme si elle venait d'apprendre une mauvaise nouvelle, la mort d'un proche, oui, elle était en deuil d'elle-même, de l'autre Claire, celle qui pesait cinq kilos de moins sur la balance, celle qui pouvait se glisser dans un 34 sans effort, elle pleurait sous les yeux compatissants d'une mendiante roumaine assise à même le sol, serrant son enfant contre elle. Car elle souffrait. Et je la réconfortai, je la rassurai, lui proposant mille soins que d'autres lui prodigueraient pour éliminer ses capitons superflus alors que j'aurais dû légitimement l'abandonner au milieu de la route et aider l'autre, la Roumaine aux yeux de braise qui portait aux pieds — c'était invraisemblable — de superbes mules perlées. Finalement, après une heure de shopping infructueux, je proposai à Claire de l'emmener prendre un verre au Pershing Hall mais elle refusa, prétexta une migraine avant de me supplier de la raccompagner à notre domicile. Elle eut à peine pénétré dans l'appartement qu'elle éclata en sanglots ; je ne savais plus s'il fallait mettre sa détresse sur le compte de la peur ou de la déception : pour la première fois, en deux ans de mariage, nous étions rentrés chez nous les mains vides. Elle tentait de retenir ses larmes. En vain. Elles jaillirent de son regard éteint, sa beauté se noyait, son mascara mâchurait son visage, ses paupières clignaient : avec quel courage elle se débattait pour sauver les apparences ! Je m'approchai d'elle, la serrai contre moi. Elle cogna ses poings contre mon torse en gesticulant comme une enfant capricieuse. Je caressai son visage et ses cheveux mais Claire ne se calmait pas, décochait ses reproches. Je me sentais prêt à tout supporter sauf les griefs, les mises en accusation, les

114

instructions à charge — la répression menée par ce dictateur conjugal. Je lui tendis une barrette de Lexomil qu'elle jeta par terre dans un geste rageur.

« Tu as déjà oublié que j'étais enceinte ! » s'écriat-elle avant de se blottir contre moi en gémissant. Ses larmes glissaient sur mes mains. Le détachement m'apparaissait comme la seule voie possible. Je desserrai son étreinte, m'éloignai en direction de la salle à manger.

— Où vas-tu ? me demanda-t-elle.

— Je vais rester jusqu'à ce que tu t'endormes ; après je partirai, j'ai un dîner d'affaires.

— Mais je viens à peine de...

Je n'entendis pas la fin de sa phrase, j'avais déjà claqué la porte de sa chambre. C'était sans doute une attitude inconsciente, égoïste ; je refusais que la grossesse de Claire n'entravât notre liberté, qu'elle fût un frein à la vie que nous menions. Dès les premières semaines, nous nous étions disputés à cause des cigarettes dont la fumée l'importunait, de la musique qui excitait le fœtus et je l'avais laissée rentrer seule un soir, à minuit, parce que je n'avais pas voulu partir d'une soirée privée organisée par une grande marque de téléphones portables, une soirée pendant laquelle elle resta enfermée aux toilettes à vomir tandis que je contemplais les jeunes comédiennes qui se pressaient dans l'espoir de repartir avec ce téléphone que les organisateurs s'étaient engagés à leur offrir en échange de leur présence souriante et de leur disponibilité médiatique. Après cet incident, j'avais promis à Claire de réduire le nombre de nos sorties, d'éviter les endroits bruyants et enfumés mais c'était au-dessus de mes forces — le choix d'une vie routinière s'adaptait si mal à ma personnalité qu'avant même de laisser poindre une dépression sous-jacente, je recommençai à sortir presque tous les soirs, sans elle.

Un quart d'heure plus tard, lorsque je pénétrai dans notre chambre à coucher, je la trouvai endormie. Je posai ma main sur son front — c'était un geste familier que ma mère faisait chaque jour — ; il était tiède et moite. Ainsi allongée, le corps enroulé dans les draps, elle paraissait douce et apaisée, si différente de ce qu'elle était quand, en proie à la jalousie ou à l'envie, elle se muait en une petite fille insupportable qu'aucun cadeau ne pouvait satisfaire. Je restai un moment, debout, à la regarder dormir ; j'imaginais qu'un immense sablier s'érigeait devant moi et que, lentement, le sable s'écoulait, symbolisant le temps qu'il me restait à vivre auprès d'elle. Mais le sable s'était aggloméré, obstruant le conduit ; le temps était ralenti, les secondes devenaient des heures : l'ennui avait transformé les mesures temporelles. Ma rêverie fut interrompue par l'arrivée de Françoise, ma kinésithérapeute. Trois fois par semaine, elle venait à mon domicile, me massait pendant une heure, dénouait mes muscles. C'était un moment privilégié pendant lequel j'oubliais tout : mes déboires sentimentaux, mes problèmes professionnels. Tant que ses mains glissaient sur mon dos, mes jambes, tâtaient mes pieds, mon cuir chevelu, rien n'avait de prise sur moi. Lorsqu'elle quitta l'appartement, une heure plus tard, je constatai que ma femme ne s'était toujours pas réveillée. Je pris une douche brûlante, je laissai l'eau couler afin de retirer l'excès d'huile que les doigts de Françoise avaient fait pénétrer dans les pores de ma peau. Je m'habillai simplement : un pantalon en toile, un pull-over en cachemire et une veste. Et je me rendis au cinéma. Le titre, *Parle avec elle*, m'avait interpellé. Parler avec elle, c'était tout ce que je devais faire. Je m'en sentais incapable. Alicia était déjà là, au dernier rang, enfoncée dans son fauteuil. Elle portait un simple jean, un pull que sa mère lui avait rapporté de Thaïlande et des baskets élimées — la disgrâce absolue. Elle me fit un signe de la main, je la rejoignis et, avant que j'aie prononcé une parole, elle m'embrassa. Qu'est-ce qui à présent l'autorisait à transgresser la règle n° 5, celle qui interdisait toute manifestation d'affection dans les lieux publics ? Je la repoussai doucement, j'invoquai la nécessité de rester discret mais elle insista, se pencha sur moi. Je me laissai faire. Je ne savais pas — pas encore — que c'était pour la dernière fois.

Plus que les actes, les images provoquent les ruptures. Ce film — *Parle avec elle* — avait ouvert une brèche en moi et des émotions diffuses s'y étaient infiltrées : la mélancolie, la nostalgie, l'amertume aussi. Les larmes avaient jailli de mes yeux sans que je puisse rien faire pour les contenir ; habituellement c'était du sang qui giclait de mes narines, tachait mes vêtements. J'avais pleuré dès la première scène du film. C'était la deuxième fois de ma vie que je pleurais au cinéma. A l'âge de dix ans déjà, j'avais été bouleversé par *L'Incompris* de Luigi Comencini, un film qui retraçait l'histoire de deux frères âgés respectivement de huit et onze ans, confrontés à la mort de leur mère. Un film sur la perte, encore. J'avais pleuré sans ressentir aucune honte, aucune gêne, j'oubliai les recommandations parentales : « les hommes ne pleurent pas ». Alicia m'observa avec cette distance qui nous éloignait déjà et une voix me répétait : « Parle avec elle » mais je ne l'écoutais pas. Je ne pouvais pas détourner mes yeux de l'écran, mes cinq sens étaient totalement envoûtés par la magie de ces images, la musique, la beauté des dialogues. Je cherchais des explications à ce flot lacrymal que cette soudaine émotivité avait fait jaillir : la maladie de mon père, le risque de la perte du bébé, mes échecs sentimentaux, mes relations avec mon frère, je n'en retenais aucune. Ce film m'avait ému sans raison, « plus que de raison », avait dit Alicia à l'issue de la séance.

A la fin du film, tandis que le générique se déroulait sur l'écran, je restai un moment assis sur mon fauteuil, figé. Alicia se pelotonna contre moi, caressa mon front, mes joues, je la repoussai doucement.

« J'ai besoin d'être seul », murmurai-je, je craignais de la blesser. Son visage se crispa, déformé par un rictus d'indignation. Pourtant, elle n'émit aucun reproche, elle m'embrassa, se leva puis quitta la salle d'un pas assuré. Je la regardai s'éloigner et je compris, à l'instant où sa silhouette disparut de mon champ de vision, que je ne chercherais plus à la revoir. C'en était fini. De ces mensonges, de ces amours délétères, de cette vie-là : c'en était fini. Quelques minutes plus tard, je me levai à mon tour, je sortis du cinéma. Lorsque je fus dans ma voiture, je n'allumai pas la radio ; la musique du film d'Almodóvar couvrait encore les larmes qui bruissaient en moi.

« C'est fini », répétai-je en moi-même. En arrivant en bas de chez moi, je remarquai que la lumière du salon était restée allumée. Je pénétrai dans l'immeuble, montai jusqu'à mon appartement, j'ouvris doucement la porte. Ma femme m'attendait dans le couloir de l'entrée, elle me lança un regard inquisiteur que je n'essayai même pas de braver : tout cela aussi serait bientôt fini.

Deuxième partie

« C'est elle ou moi ! » : tel fut l'ultimatum que ma femme m'adressa avec la hargne de l'épouse humiliée après deux ans de cohabitation chaotique, me sommant de choisir sur-le-champ entre Alicia et elle car, dit-elle d'une voix métallique qui ne laissait filtrer aucune émotion : « Je ne peux plus continuer à vivre ainsi, jusqu'à quand devrai-je tolérer cette liaison, je ne supporte plus tes mensonges, tes absences, quand vas-tu enfin grandir et comment faire — COMMENT FAIRE ? —, pour que tout soit comme avant, avant que tu ne la fasses entrer chez nous ? »

Ces ultimatums, je commençais à en connaître les moindres termes puisqu'il me semblait que Claire répétait les mêmes phrases qu'Alicia. La même scène se déroulait sous mes yeux incrédules à la différence que ce n'était plus ma maîtresse — celle qui souffrait en silence, qui ne connaissait que le mensonge et le secret, l'attente et le doute, celle qui avait des raisons de se plaindre ! mais ma femme.

— Je t'en prie, Claire, pas de scène maintenant, je suis épuisé ! répliquai-je en la saisissant par le poignet et en la traînant jusqu'à notre chambre à coucher.

Il était près de une heure du matin, je venais à peine de rentrer, je savais que je ne dormirais pas plus de quatre heures et Claire avait choisi ce moment-là pour étancher sa douleur. Je me sentais las et fatigué ; dans quelques heures, il me faudrait déjà être debout. A mon poste ! Les yeux rivés sur l'écran de mon ordinateur à tenter de juguler les variations intempestives du marché boursier. D'un geste presque brutal, je repoussai Claire qui s'agrippait à moi.

— J'étais sûre que tu réagirais ainsi ! hurla-t-elle comme si la capacité sonore de sa voix lui conférait une certaine supériorité. Où étais-tu ? Avec elle ?

Que souhaitait-elle m'entendre lui dire ? Oui, j'étais avec Alicia au cinéma, d'ailleurs je l'ai quittée ce soir parce qu'elle était devenue semblable à toi ! Elle se comportait comme une épouse alors que je ne désirais qu'une amante. Claire ne me laissa pas parler, elle continua à armer sa langue. C'était une succession de phrases décousues, un verbiage sans début ni fin, sans logique. Il fallait traduire le discours amoureux rédigé dans une langue complexe, à la grammaire alambiquée ; déceler le sens caché des phrases ; interpréter les intentions de ma femme. Force m'était de constater que non seulement j'étais un piètre traducteur mais que je n'excellais pas non plus dans l'exégèse amoureuse. Un coup asséné dans le plafond se fit entendre. Je devinais les commentaires réprobateurs de nos voisins, je les entendais crier : « TAISEZ-VOUS ! » Mais Claire n'écoutait pas, ne regardait que moi. Elle ne percevait pas son cri, ce cri perçant qui contenait toute la colère que la trahison, le sentiment d'avoir été bafouée, humiliée avaient fait naître en elle. Elle restait sourde à ses propres récriminations : « Tu veux savoir ce que je te reproche ? » Non, je le savais déjà et une heure du matin ne me semblait pas être l'horaire idéal pour le règlement de comptes : « Je te reproche d'être immature et de m'avoir trompée pendant toutes ces années. Je te reproche d'avoir fait entrer cette femme chez nous. Je te reproche de ne pas avoir pu rester fidèle. » La fidélité, c'était bien la dernière chose qu'une femme pouvait exiger de moi ! Je ne me sentais pas capable de désirer la même femme toute une vie durant. J'avais le choix entre l'adultère, ses trahisons, ses mensonges, la culpabilité qu'il faisait naître en moi et la fidélité avec son cortège de frustrations et son corollaire : l'idée de renoncement qui, plus que toute autre, me terrifiait. En prenant une femme, il fallait renoncer à toutes les autres : je m'y refusais. L'expression : *il change de femme comme de chemise* avait été inventée pour moi. Mais j'étais exigeant : je ne portais que du sur-mesure. La volatilité du sentiment amoureux était telle qu'il m'était impossible de résister à toutes les propositions attractives que ma fonction de *trader* m'offrait. Une cour hétéroclite se formait autour de moi, l'argent aimantait les êtres, tous les êtres sans distinction de sexe, de race ou d'origine. Il m'arrivait fréquemment d'aller au restaurant avec quinze ou vingt personnes — je n'en connaissais pas la moitié — et de régler la note pour tout le monde. Je m'étais habitué à ces sollicitations et si je n'étais pas dupe de la véritable nature de cet engouement pour ma personne, je succombais au plaisir d'être entouré, adulé. Je ne savais pas dire non.

— Ce n'est qu'une crise passagère, dis-je, tous les couples traversent des crises semblables.

Claire crispa ses lèvres, sangla la douleur que notre échec conjugal lui infligeait et, au moment où je portai ma main à mon crâne, revint à la charge : « Tu étais avec elle ce soir. Avoue-le ! » Je détournai mon regard, rien ne m'indisposait plus que d'avoir à me justifier auprès de ma femme lorsqu'elle s'arrogeait les prérogatives d'une mère.

— Cela fait des mois que cela dure !

— Tu n'es donc pas à quelques jours près !

Elle se figea, le corps tendu, le dos si droit qu'on eût dit qu'elle était suspendue par un fil fixé au plafond, un fil que j'aurais voulu manipuler à ma guise. Regrettant d'avoir été si cassant, je l'attirai vers moi : Allons, viens là ! ce n'est rien, tout va s'arranger, fais-moi confiance. Je posai ma main sur sa joue, soufflai sur sa peau, elle releva son menton, écarquilla les yeux. Et, confronté à la clarté de ce regard, à sa teinte bise qui exprimait la versatilité des sentiments de Claire, je réfléchissais à la façon de la quitter. La jalousie — car c'était ainsi qu'il fallait nommer cette obsession maladive qui s'était emparée d'elle depuis qu'elle m'avait surpris avec Alicia — la minait de l'intérieur, elle vociférait : « Je suis ta femme, Vincent ! je porte ton enfant ; pourquoi est-ce que tu as eu besoin de... » Elle expira avant d'avoir pu finir sa phrase. Elle se replongeait dans nos souvenirs quand je ne souhaitais que me projeter dans le futur. D'un revers de la main, je repoussai la mèche de cheveux blonds qui glissait sur ses yeux, son regard apparut alors comme s'il surgissait d'une dune baignée de soleil : clair, doux et témoignant d'un amour pur. Sa bouche était une terre féconde d'où les reproches jaillissaient comme des herbes amères. Je détaillais chacun de ses mouvements — le pincement de ses lèvres, sa moue dubitative —, tandis qu'elle lâchait ses mots ; les paroles surgissaient de sa bouche, frondeuses, incontrôlables : « Qu'a-t-elle de plus que moi ? Qu'a-t-elle de plus que les autres ? Les autres femmes, je pouvais m'en méfier, lutter contre elles à armes égales, les autres femmes étaient des rivales *possibles* mais tu l'as laissée pénétrer chez nous... Quels sentiments éveille-t-elle en toi que je ne suis pas capable de susciter ? Je veux le savoir ! » Rien. Elle ne saurait rien. Je n'aimais plus Alicia ; pourtant je n'avais pas osé la quitter, guidé par cette même résignation qui m'avait incité à rester avec elle pendant près d'un an bien qu'elle m'encombrât et que notre amour exhalât un parfum âcre et rance.

— Allons, sois raisonnable, murmurai-je en lui grattant le cou du bout des ongles comme j'aurais tâté le fanon d'un chien.

Sous mes caresses, elle branla doucement la tête, je crus que je l'avais apaisée, que je pourrais enfin aller me coucher quand soudain elle lâcha sur un ton laconique :

— Si tu ne mets pas un terme à cette liaison, je demande le divorce, la moitié de nos biens et une pension alimentaire si élevée qu'il te faudra renoncer à ton train de vie.

— Tu as déjà tout ce que tu veux, je ne vois pas ce que tu obtiendrais de plus en divorçant.

Elle repoussa ma main en me lançant un regard assassin.

— Il n'y a pas que l'argent.

Emise par ma femme, cette remarque paraissait aussi cynique qu'une apologie du communisme prônée par un capitaliste.

— Tu as raison, dis-je, il n'y a pas que l'argent, il y a aussi les sentiments.

— Cesse de tourner tout en dérision.

— Que veux-tu que je te dise, que je vais prendre une décision là, tout de suite ? Je ne te le dirai pas tout simplement parce que j'ai sommeil !

Elle se remit à pleurer. Mon portable professionnel se mit à vibrer —, je l'éteignis aussitôt.

— C'était elle, j'en suis sûre ! s'exclama Claire.

Je soupirai. Dans ma tête, j'entendais ma voix hurler : ASSEZ ! La colère, à moins que ce ne fût la lassitude, montait en moi en vagues puissantes, spasmodiques, réveillait mes douleurs.

— Que veux-tu ? reprit-elle. Que ton frère écrive encore un livre sur toi ? Qu'il nous ridiculise davantage ?

— Je t'en prie, arrête ! m'écriai-je, excédé.

Claire pleurait toujours. Les voisins frappaient leurs poings contre le sol — sans doute pensaient-ils comme moi qu'il était indécent de faire du tapage nocturne mais je me taisais, je la laissais exprimer sa souffrance sans rien faire pour l'apaiser. Je percevais des éclats de voix, Claire ne remarquait rien, elle était bien trop préoccupée par son propre désarroi. Ce fut pour mettre un terme à cette exhibition lacrymale que je murmurai en violation de tous mes désirs : « Cela n'arrivera plus jamais. » Claire sursauta, ses lèvres étouffèrent un dernier sanglot, elle redressa son dos, bomba son torse.

— Comment ? demanda-t-elle, feignant de ne pas avoir entendu ma phrase.

— Tu n'entendras plus parler de cette femme. Ni d'elle ni d'aucune autre. Je te le promets.

Son visage s'empourpra sous l'effet conjugué de l'émotion et de la surprise. Elle s'avança vers moi, posa sa tête contre mon torse. Je lâchai un soupir de soulagement, inconscient des propriétés toxiques et inflammables de ce mot — promesse — lâché dans un moment d'égarement.

Je ne me rendis pas à mon bureau le lendemain matin ; je me sentais las et fiévreux — cela ne m'était pas arrivé depuis des mois, ce n'était pas l'absentéisme qui menaçait les *traders* mais la sur-présence. Habituellement, j'arrivais à mon bureau à sept heures trente mais ce matin-là, je n'entendis même pas la sonnerie du réveil. Quant à Claire, depuis qu'elle était enceinte, elle ne se levait plus avant dix heures, il ne fallait pas espérer qu'elle écourtât sa nuit pour me réveiller. Je n'eus pas la force de me lever de mon lit, je restai couché, incapable de bouger mes jambes. Ma dispute avec Claire m'avait anéanti, je n'aimais pas les conflits. J'avais toujours eu ce tempérament destructeur, plus d'une fois, ma mère m'avait mis en garde contre mon impulsivité, une forme d'impudence que je contrôlais mal — je provoquais mon propre malheur. Dans la matinée, Claire était partie chez sa mère « pour réflé-chir », avait-elle précisé : je n'étais pas dupe, la réflexion devenait écoute, le seul sens dont elle usait dans ces moments-là n'était pas le sens critique mais, plus simplement, l'ouïe. Elle retrouvait sa mère pour l'écouter me critiquer et la persuader qu'elle aurait dû tenir compte de ses remarques, de son intuition car elle ne se trompait jamais : je t'avais dit de ne pas épouser cet homme ; il n'est pas assez bien pour toi, je t'avais prévenue, Claire, que cet homme te ferait souffrir, que ce mariage causerait ta perte : J'AVAIS RAISON ! Et Claire approuverait : Oui, maman, tu avais raison, comme toujours car toi, TU SAIS. Qu'est-ce qu'elle savait ? Son mari l'avait abandonnée avec trois enfants à charge pour une actrice de série B de vingt ans sa cadette, ancien mannequin pour des photos de charme ! Il avait fui sans un mot d'adieu, lui laissant tout : le bel appartement de la rue de la Pompe, celui de la rue de Passy, le chalet à Megève et la villa familiale d'Hossegor. Prends tout et oublie-moi ! Mais elle ne l'avait pas oublié. Quatre mois après, alors qu'il était revenu la tête basse au foyer conjugal — sa jeune compagne l'avait quitté à Prague pour un vieux producteur qui lui avait promis le rôle de sa vie (en fait de rôle, une figuration dans un film d'auteur tchécoslovaque) —, alors qu'il était rentré chez lui implorant sa clémence (oui sa clémence car elle était seule juge), elle ruminait encore sa rancœur et lui fit payer le prix de sa trahison. Le prix fort ! Le soldat revenait du front, la paupière tombante, le regard éteint de celui qui a perdu la guerre car c'était bien une guerre qu'il avait livrée contre sa femme, contre ses instincts et contre lui-même. Et il avait été vaincu ! Dès son retour, sa femme le fit prisonnier. Elle le torturait pendant des heures : « Avoue ! », lui faisait endurer mille privations, elle avait instauré une nouvelle forme de goulag dont elle voulait maintenant voir appliquer les méthodes par sa fille ! Car ELLE SAVAIT mieux que quiconque comment agir avec les hommes, « ces infidèles : tous les mêmes ! ». Ton mari ? Domine-le sinon il te dominera ! Cette femme donnait un regain de vigueur au féminisme. Regarde ton père ! Que voyaient-elles ? Un homme docile, aimable ? Non ! Un déserteur qui n'assumait pas ses actes et qui tolérait les pires humiliations pour avoir le droit de rester dans ces lieux qu'une odeur de cire empuantissait ! A présent, elle lui dirait : Regarde ton mari ! Et Claire me jugerait, me condamnerait non pas à m'exiler — l'exil m'aurait peut-être mené vers un pays libre, l'exil aurait pu être salutaire — mais au contraire à rester auprès d'elle, avec elle dans des conditions insupportables. Aussi, lorsque à onze heures du matin Claire avait franchi la porte de sortie de notre appartement, je lui avais rappelé que je préférais encore la séparation à la manipulation, le divorce à la négociation si ses propositions étaient calquées sur celles de sa mère. Elle avait claqué la porte sans un mot mais à ce regard dur qui en disait long sur sa force, sur sa détermination, j'avais compris qu'elle ne se laisserait manipuler ni par sa mère, ni par moi. De nous deux, j'étais sans aucun doute le plus faible et, bien que j'eusse quelque réticence à l'admettre, j'étais dépendant de Claire. Ce qui me liait à elle, ce n'était pas tant cette promesse de vie — cette grossesse qu'elle seule avait désirée — que ce deuil qui m'avait accablé quelques années plus tôt, cet apprentissage de la perte auquel nous avions été soumis ensemble, nous n'étions pas encore mariés, l'amour était alors notre seul attachement, l'amour avant qu'il ne se démembrât en une multitude de ramifications : l'argent, l'habitude, les pressions. Après le décès de ma mère, qui m'avait plongé dans un tel état d'hébétude que je restai prostré chez moi pendant plus de deux semaines, Claire, que rien ne prédestinait à la psychologie des endeuillés, fit preuve d'un dévouement proche de l'abnégation. Elle me consolait, moi qui étais inconsolable ; elle m'écoutait, mes propos n'étaient que complaintes ; elle se substituait à ma mère. La mort avait opéré une forme de transmission ; les droits et les devoirs maternels étaient dévolus à Claire qui consentit à cette passation de pouvoirs sans se douter que la tendresse ainsi déployée menacerait notre couple — quelle inconscience ! certains droits devraient être incessibles —, fragmentant nos désirs. Elle endossa le costume de ma mère pendant quelques semaines puis y renonça : trop étriqué.

Il y avait en elle une clairvoyance que je lui déniais pour mieux me dédouaner. Elle était bien plus perspicace que je ne l'avouais ; il me semblait alors que, plus j'instruisais à charge, plus je l'accablais de mes griefs, moins je me sentais coupable vis-à-vis d'elle et peut-être, de moi-même. En la caricaturant, j'espérais justifier mon inconstance mais je n'étais pas dupe : le masque difforme dont je l'affublais, c'était celui que mon mode de vie m'avait façonné et que je rejetais à cause des risques d'allergies à soi qui provoquaient les pires démangeaisons. Ce n'était pas la mainmise de Claire sur ma vie que je ne supportais plus, c'était mon incapacité à me contrôler, à maîtriser mon propre désordre intérieur et cette confusion, dont j'étais le seul instigateur, ne trouvait d'apaisement que dans la confrontation avec mon passé. Il y avait dans le cinéma d'Almodóvar une couleur qui éclairait les zones que j'avais noircies. J'avais été tellement bouleversé par le film *Parle avec elle* que j'étais sorti dans la matinée pour louer une partie de la filmographie d'Almodóvar en DVD : *La Fleur de mon secret* (*La flor de mi secreto*) d'abord ; puis *En chair et en os* (*Carne trémula*). J'enchaînai avec *Talons aiguilles* (*Tacónes lejanos*).

Enfin, à minuit, épuisé, je regardai *Tout sur ma mère* (*Todo sobre mi madre*). Comment des œuvres de fiction pouvaient-elles m'émouvoir à ce point ? La découverte de ce cinéma-là, associée à mes épreuves personnelles, avait provoqué une rupture semblable à celle qui était à l'origine de l'aphasie de mon père. Moi non plus, je ne trouvais plus les mots, ils m'échappaient, se dérobaient sous ma langue. Les livres n'avaient suscité que des émotions simples, de petits tressaillements d'âme tandis que les images qui se succédaient sous mes yeux ébahis, éblouis, me bouleversaient, anéantissaient toutes mes certitudes. Le chaos. Je rendais les armes. La nostalgie ressurgissait dès qu'un élément de mon passé ranimait ma mémoire et cet élément qui me ramenait sans cesse à mon histoire personnelle, c'était la langue espagnole dont l'écho réveillait mon enfance. Il me semblait entendre mon père, le timbre âpre de sa voix. Je le revoyais, penché sur moi, m'expliquant comment rouler les « r » en jouant avec sa langue comme s'il s'agissait d'un enfant agile, il me demandait de l'imiter : en vain, je n'osais pas le regarder, le mimétisme était alors chargé d'érotisme. Le seul pouvoir de séduction d'Alicia comme de toutes les Espagnoles qui l'avaient précédée dans ma vie ? La musicalité de leur langue et les résonances profondes qu'elle éveillait en moi ! A travers la magie d'Almodóvar, c'était tout un passé auquel j'avais renoncé qui renaissait de ses cendres. J'assistais à la résurrection des mots, ceux que j'avais oubliés, que *j'avais cru* oublier. Car la langue paternelle ne s'oublie pas. Les émotions, charriées par les images, jaillissaient et j'étais là, allongé dans mon lit, incapable de les comprimer, je me laissais assaillir, victime consentante. Je reconnaissais mon frère dans le portrait du jeune homme idéaliste qui souhaite devenir écrivain dans le film *Tout sur ma mère*. Et je songeai — non sans ironie — que mon frère aurait pu intituler son premier livre *Tout sur mon frère*. Il avait passé sa vie à dévoiler la mienne. A présent, c'était moi qui voulais tout savoir de lui.

Les films d'Almodóvar m'avaient tellement ému que je ne désirais rien d'autre que voir mon père. Me retrouver seul avec lui, dérouler mon monologue et l'écouter me parler dans sa langue, cette langue intraduisible, écorchée, qu'aucun linguiste ne comprenait. Une langue humble, sans afféteries ni artifices, une langue adaptée à l'humain dont le rythme, tantôt lent, tantôt rapide, semblait calqué sur les pulsations du cœur. Un dénuement absolu de la phrase, une absence totale de ponctuation : l'effacement progressif de toute vanité. Ah ! la langue de mon père ! Comme j'aurais aimé la connaître ! J'en aurais appris les mots, la grammaire, la conjugaison ; je serais resté des heures durant, penché sur mes livres à tenter d'en percer les mystères syntaxiques. Et je l'aurais apprise — la langue du père — à mes enfants. Ce dialecte de l'âme paternelle, qui d'autre qu'un fils saurait l'interpréter ? *De père en fils.* Que nous avait-il transmis ? Des valeurs universelles, un savoir, une certaine curiosité intellectuelle. J'avais oublié la plupart des notions que j'avais acquises ; ma mémoire, à la différence de la sienne, avait été sélective ; je ne parlais plus couramment l'espagnol, je n'étais plus capable de réciter les poèmes qu'il nous apprenait mais je me souvenais des voyages à Madrid, à Séville, à Tolède quand nous partions tous les quatre pour deux mois de vacances et que mon père devenait un autre ; il se métamorphosait et cet homme que nous découvrions sous ses traits, cet homme enjoué dont les rires résonnaient à nos oreilles était le père que j'aurais voulu ramener chez nous à Paris. Un homme pouvait-il se dédoubler selon qu'il parlât une langue ou une autre ? La langue prédestinait-elle les peuples à la violence ou à la paix ? J'avais appris que les dompteurs de fauves s'adressaient à leurs animaux en anglais mais leur donnaient les ordres en allemand car la sonorité de la langue allemande, plus dure, plus sèche, engendrait l'obéissance de l'animal. En Espagne, mon père était un homme patient, drôle, volubile. Sitôt rentré à Paris, il redevenait sombre et taciturne. Je me souvenais. Lui avait tout oublié. Son nom et celui de ses fils. Son adresse et son passé. Son cerveau avait été broyé ; nous ramassions les miettes sans espoir de parvenir à les rassembler car des larmes s'y étaient mélangées et ce qui avait été un jour un organe innervé et fonctionnel ressemblait à présent à une bouillie dans laquelle les souvenirs flottaient à la surface comme des grumeaux.

Je ne croisai personne en arrivant à l'hôpital. Dans le couloir, je rencontrais habituellement l'une des aides-soignantes qui s'occupaient de mon père ; c'était tantôt Kadi, une Ivoirienne de vingt-quatre ans ; tantôt Bérengère, une femme sans âge, originaire du Sud-Ouest de la France, qui me parlait toujours de mon père avec une distance que le mépris des patients, le dégoût de son métier — et peut-être d'elle-même —, l'incitaient à établir. Je supportais ses complaintes — pas plus de trois minutes — : elle s'était luxé l'épaule en le portant jusqu'à son lit, avait dû changer ses draps trois fois de suite ; je l'écoutais en me retenant de la gifler, j'avais encore le sens des convenances. J'entrai sans frapper dans la chambre de mon père — il n'était plus réceptif aux bruits sauf, peut-être, du moins l'espérais-je, à la musique — mais la pièce était vide, les draps avaient été retirés, la couverture avait été pliée et posée sur le lit. La vision du matelas nu me mortifia. De cette image réelle en surgit une autre, imaginaire : celle du corps de mon père dénudé, allongé sur un brancard avec, à ses pieds, ses vêtements roulés en boule. Une forte odeur de camphre flottait dans la pièce. Soudain, une pensée morbide me traversa l'esprit : mon père avait dû mourir pendant la nuit et le service hospitalier ne m'avait pas prévenu puisque mon frère en était le tuteur légal. Arno avait appris la nouvelle et, au lieu de m'en informer, m'avait tenu à l'écart de la cérémonie mortuaire pour mieux me le reprocher par la suite. Et il fallait se vêtir sans mot dire de l'indignité dont il me parait. Je sortis précipitamment de la chambre, rentrai dans la salle de garde sans frapper à la porte pour annoncer ma présence : « Que se passe-t-il, monsieur Tesson, il y a un problème ? » me demanda le médecin en me dévisageant. C'était une femme énergique, à l'intelligence vive qui avait pris ses fonctions cinq mois auparavant.

« Qu'est-il arrivé à mon père ? » répliquai-je d'une voix tremblante.

« Votre père ? répéta-t-elle, il ne lui est rien arrivé, rassurez-vous ; votre frère est venu tout à l'heure pour lui faire prendre l'air, vous les trouverez dans le parc. » Elle sourit pour m'apaiser, l'angoisse devait se lire sur mon visage, j'avais peut-être pâli car mes mains étaient secouées de tremblements et mon cœur bondissait dans ma cage thoracique. J'inspirai bruyamment, soulagé. A la hâte, je descendis les escaliers qui menaient au parc boisé. La pelouse verdoyante, fraîchement tondue, s'étendait à perte de vue ; c'était un lieu enchanteur, entretenu avec soin dont aucun patient ne pouvait plus apprécier la beauté. Le parc était vide ; j'aperçus presque aussitôt la silhouette de mon frère qui poussait le fauteuil de mon père. Mais ils n'étaient pas seuls. Il y avait une fille qui marchait derrière eux. De loin, je ne distinguais qu'une vague silhouette et des cheveux bruns ébouriffés. Je traversai à grands pas l'espace qui nous séparait. Dès qu'il me vit arriver vers eux, mon frère m'interpella :

« Qu'est-ce que tu fais ici ? » me demanda-t-il d'une voix cassante. Je ne répondis pas immédiatement à sa question. J'étais intrigué par la présence de la jeune fille qui les accompagnait, une jeune fille d'une beauté saisissante, de quinze, seize ans tout au plus. Sa silhouette, ses manières suscitaient en moi une émotion inattendue. L'avais-je déjà rencontrée quelque part ? Je ne savais pas si son attitude m'évoquait une image, une inconnue croisée dans la rue ou une femme qui serait entrée dans ma vie pour en ressortir aussitôt. Elle se tenait derrière mon frère et me scrutait du coin de l'œil avec une maladresse enfantine. J'étais subjugué par son regard, un regard sans éclat particulier — de simples yeux marron, des paupières presque invisibles balayées par des cils trop courts — mais qui exprimait la même instabilité que celle qui m'animait. Elle était grande et mince ; ses cheveux, d'un noir de jais, balayaient ses frêles épaules et s'enroulaient comme des accroche-cœurs autour de ses oreilles. Elle était vêtue d'un jean en toile brute et d'un pull-over bleu turquoise très court sur lequel était brodé un drapeau américain à paillettes. Une Américaine, peut-être ou, plus sûrement, une victime de la mode. Une large ceinture avec une boucle en fer représentant un aigle sanglait tellement sa taille que j'entrapercevais sur sa peau les marques rougeâtres engendrées par le frottement. Aux pieds, elle portait une paire de baskets bleues dont les lacets dénoués caressaient le sol sans qu'elle y prêtât attention. Sa négligence était tellement évidente que je la trouvai presque érotique. Derrière cette absence totale d'apprêt, je décelai une sorte de séduction naturelle proche de la grâce, que seules possédaient les très jeunes filles, et à laquelle pourtant je n'avais jamais été sensible.

— D'habitude, tu viens le lundi, répliqua mon frère sur un ton radouci.

— Je viens voir mon père quand j'en ai envie, répondis-je en posant la main sur le fauteuil roulant de mon père comme si, par ce simple geste, je retrouvais mes droits sur lui.

Lorsque nous étions enfants et que nous nous disputions, l'un de nos parents — c'était généralement notre père — s'approchait de nous, nous parlait longuement et, avec douceur, mettait fin à nos différends par la seule force de ses mots. Maintenant il nous entendait — nous entendait-il ? —, nous voyait

— nous voyait-il ? —, nous quereller comme des enfants sans pouvoir rien faire pour nous apaiser.

Arno parvenait mal à dissimuler l'embarras dans lequel ma présence inopinée l'avait plongé. Ses mains allaient et venaient le long de son pantalon, se glissaient dans ses poches pour en ressortir aussitôt. Il portait un jean, un pull-over beige et une paire de bottines en cuir tandis que j'étais habillé avec soin : un costume noir en laine Paul Smith, une chemise blanche rehaussée d'une cravate noire et aux pieds, une superbe paire de Berluti — un cadeau d'Alicia. J'avais foulé une terre ennemie et à la roideur de son corps, à la crispation de ses mâchoires, je devinai que le combat serait âpre. Il avait été renié par notre père et n'en avait pas pour autant renoncé à son statut d'aîné, aux droits que cette position au sein de la fratrie lui accordait. Il était et se sentait responsable de notre père ; il gérait ses comptes, réglait les questions administratives. Moi, je ne parvenais même pas à m'assumer. A bien des égards, et en dépit de mes fonctions professionnelles où la prise de risque était permanente, je fuyais toute responsabilité. A trente-deux ans, je désirais encore être le fils de mon père.

Je me plaçai à l'autre extrémité du fauteuil de sorte que nous étions dorénavant deux à le pousser ; notre père gisait là, entre nous, la tête penchée en avant, le menton contre son torse *comme s'il était mort*. Je me retournai à plusieurs reprises pour vérifier que la jeune fille nous suivait. Je m'amusai à la déstabiliser en la fixant pendant plusieurs secondes ; elle m'évitait ou rougissait. Elle était incapable de supporter mon regard. Elle m'attendrissait tant que je ne cherchais plus que cela : la dévisager jusqu'à ce qu'elle détourne les yeux, troublée comme peut l'être une inconnue que l'on toise, distante et proche à la fois. Je dus être trop insistant puisque, au bout de quelques minutes, mon frère leva ses yeux vers moi et me dit : « J'ai oublié de te présenter Mina. » Puis se tournant vers moi, il ajouta : « Mina, voici mon frère, Vincent. » Je lui souris. Elle baissa aussitôt les yeux. Son visage, son regard me troublaient sans que je sache expliquer pourquoi. C'était une sensation diffuse qui cristallisait une palette de sentiments : le dépit, la mélancolie. Il y avait en elle une forme de mystère dont elle jouait non pas pour me tenir à distance mais pour, me semblait-il, tisser une intimité entre nous.

— Je vais finir par penser que tu me suis, enchaîna mon frère. C'est la deuxième fois que nous nous rencontrons en quatre jours.

La gêne m'empêchait de lui répondre. Bien que la jeune fille restât silencieuse, je craignais qu'elle ne tentât de s'immiscer dans notre conversation. Comment osait-il s'adresser à moi sur ce ton devant une inconnue ? Il paraissait presque indifférent à sa présence. Qui était-elle et que faisait-elle ici, à son côté, dans cet hôpital ? Quelle forme d'intimité recréaient-ils en s'affichant ainsi dans un lieu qui évoquait tant de douleurs, un lieu si étranger à la notion de plaisir que leur présence en devenait indécente ? Je n'osai pas le questionner devant elle mais à la façon presque familière dont il se comportait, à la rigueur paternaliste de ses gestes, je pensai qu'il était plus probable qu'elle fût sa fille plutôt que sa maîtresse. Leurs comportements respectifs étaient dénués de tout caractère sexuel ; je ne sentais pas le moindre attrait entre eux. Je le regrettai presque car il émanait d'elle une sensualité peu commune. Ce n'était pas tant ce visage d'enfant planté sur un corps de femme qui éveillait cette féminité, cette sexualité que cette fausse désinvolture qui caractérise souvent les adolescentes, cet air de ne pas y toucher, cette ingénuité qu'elles manipulent comme des allumettes. Plus je la contemplais, plus j'avais l'impression de l'avoir déjà rencontrée. A travers la maille de son pull-over, je distinguais sa poitrine naissante. Son jean qu'elle portait bas au niveau de la taille laissait apparaître son nombril et les rondeurs de ses hanches. Lorsque nous arrivâmes devant l'entrée de l'établissement, mon frère lâcha le fauteuil de notre père puis, discrètement, s'approcha de la jeune fille pour lui murmurer quelques mots à l'oreille. Elle hocha la tête sans sourire et il me sembla deviner, dans ce simple basculement du menton, de la soumission, peut-être même une forme de contrainte. Elle se sentait obligée. Par qui ? Par quoi ? Au nom de quel lien obéissait-elle à mon frère ? Le lien filial ? Amoureux ? Amical (cette dernière éventualité me paraissait la moins plausible, comment un homme de trente-quatre ans aurait-il pu être l'ami d'une jeune fille de quinze ans, l'ami, c'est-à-dire le confident, le contradicteur. Elle devait être en classe de seconde. Etait-il son professeur ? Lui donnait-il des cours particuliers ?) ?

— Nous allons partir, dit-il en attirant la jeune fille vers lui. Peux-tu ramener Papa dans sa chambre ?

Sur ces mots, il s'approcha de mon père, posa longuement sa main sur son épaule comme si c'était un mot d'amour qu'il lui transmettait à travers ce geste d'affection. Et je songeai aux tourments qu'il nous avait infligés en écrivant ses livres. En avait-il seulement conscience ? Quelle tentative d'expiation sa soudaine bienveillance dissimulait-elle ? Qui d'autre que lui-même cherchait-il à manipuler en se présentant à nous, nimbé de son humanité comme ces gens sales qui dissimulent leur crasse derrière un vêtement propre ? Son âme restait aussi opaque qu'un écran noir. Un sale type pour les uns, dénué de tout scrupule ; un homme intègre pour les autres. Qui est-il vraiment ? Et que fait cette fille avec lui ? me demandais-je en les regardant s'éloigner vers le parking d'où j'apercevais sa vieille Vespa. Je les vis poser leurs casques sur leurs têtes. La mystérieuse Mina entortilla ses cheveux entre ses doigts puis les glissa à l'intérieur du casque. Quand elle fut assise, elle attrapa mon frère par la taille en s'agrippant à lui d'une façon si tendre que je révisai mon jugement. Il se retourna et vérifia, d'un regard bienveillant, qu'elle était bien installée. Ils se frôlaient comme des amants ; et cette soudaine certitude, à défaut de me choquer, suscitait ma jalousie. Je l'enviais d'être enlacé par cette fille. Et je compris que ce qui m'avait attiré en elle n'était pas qu'elle fût jeune ou séduisante mais que mon frère fût à son côté. Eternelle rivalité qui nous opposait encore ! Je les regardai s'éloigner. Puis, je retournai auprès de mon père et le raccompagnai jusqu'à sa chambre. J'introduisis une cassette de musique espagnole dans le transistor ; rien ne m'oppressait tant que le silence des chambres d'hôpital. J'observai mon père, son visage tavelé de taches brunes, ses doigts tors et, plus bas, ses chevilles œdémateuses, serpentées de varices. L'humanité se terrait là dans cette chair érodée. Il me semblait qu'il avait pris un peu de poids, son visage était presque adipeux et, lorsque je le soulevai pour l'asseoir sur son lit, je ne pus retenir un souffle d'épuisement, presque un râle, tant son corps était lourd.

— Que penses-tu de tes fils ? demandai-je.

Mais, pour toute réponse, il ferma les paupières et s'endormit.

Le bureau de David Level était situé rue Faidherbe, au quatrième étage d'un immeuble décrépi.
Apposée sur le mur d'entrée, une plaque en verre
annonçait : *David Level, ENQUÊTES — RECHER
CHES — FILATURES*. J'avais obtenu ses coordonnées par l'intermédiaire d'un ami, un vendeur qui
travaillait chez Lehman Brothers et qui, pour se rassurer, faisait suivre sa femme depuis deux ans. Il
agissait par anticipation, persuadé que tôt ou tard, sa
jeune épouse lui mentirait sur son emploi du temps.
Deux ans qu'il réglait les honoraires de Level sans
parvenir à obtenir une seule preuve compromettante !
Sa femme était un modèle de vertu, modèle dont
mon ami lui-même espérait secrètement la corruption
tant cette filature grevait son budget. J'avais pris un
rendez-vous avec un détective non pas pour me rapporter les faits et gestes de ma femme — je savais
qu'ils se limitaient à des achats et à des visites chez
sa mère — mais pour connaître l'emploi du temps de
mon frère. Je voulais tout savoir de lui : l'heure à
laquelle il se levait, se couchait, l'identité des personnes qu'il rencontrait. Depuis des années déjà, je
songeais à le faire suivre, c'était pourtant la première
fois que j'entreprenais une telle démarche. Je consi-

dérais la violation de la vie privée comme la pire des atteintes à la liberté d'autrui. Pour en avoir été moi-même la cible, il me semblait connaître mieux que quiconque les affres des révélations. Une vie privée devait par nature le rester ; puisque mon frère la rendait publique sans mon accord, je n'admettais plus que la sienne restât secrète. Je grimpai deux par deux les marches de l'escalier en colimaçon et parvins, essoufflé, devant une porte sur laquelle avaient été gravées les initiales D.L. Je frappai plusieurs fois à la porte avant qu'il n'apparût. C'était un homme de taille moyenne, au visage longiligne, aux traits fins et harmonieux. Il n'avait presque pas de cheveux, une large tonsure dominait son crâne ; quelques ridules s'entrelaçaient aux coins de ses yeux, je devinai qu'il devait avoir quarante ans, peut-être plus. Dès qu'il commença à parler, je fus intrigué par le contraste entre son phrasé rigoureux, son élocution parfaitement maîtrisée et son allure fantaisiste, presque clownesque. Il portait un pantalon noir trop court et une chemise blanche froissée qu'il avait négligemment fermée : les boutons étaient décalés par rapport aux fentes, un pan de tissu sortait de son pantalon et le col gauche était brûlé par endroits. Il me serra la main en arborant un large sourire puis me fit entrer dans l'appartement. Les murs exhalaient une forte odeur de peinture fraîche, une bâche tachée recouvrait le parquet.

« Je viens d'emménager dans ces nouveaux locaux », se justifia-t-il. Je le suivis à travers les pièces en enfilade, trébuchant à chaque pas sur les caisses en carton et les objets épars qui jonchaient le parquet. La pièce minuscule qui faisait office de bureau était située au fond de l'appartement. Des effluves d'encens flottaient dans l'air, les fenêtres étaient fermées, les rideaux tirés. Par terre s'entassaient pêle-mêle des caisses en carton, des classeurs, des paires de chaussures, des perruques et des chapeaux, la plupart en feutre noir. Level désigna une chaise devant lui et me fit signe de m'asseoir. Il était volubile et parlait tellement avec ses mains qu'on eût dit qu'il prenait appui sur elles. C'était un étonnant numéro d'équilibriste, il joignait le geste à la parole avec la souplesse, l'habileté d'un jongleur doublé d'un trapéziste. Peu d'émotions se dessinaient sur son visage. Il pouvait se fondre dans la foule sans crainte d'être remarqué en dépit de son accoutrement, tant son attitude restait neutre. Il tirait sa subsistance de cette insignifiance. Il ouvrit un tiroir de son bureau, en sortit un paquet de cigarettes et, sans même m'en proposer, en alluma une. Je lui exposai rapidement les faits, il m'écouta sans m'interrompre en expirant des volutes de fumée bleue, puis me demanda de remplir un questionnaire détaillé sur mon frère. Je devais noter son nom, sa date de naissance, son adresse, sa situation familiale. A mesure que j'écrivais ces renseignements, je m'apercevais que je ne savais rien de mon frère. Nous avions vécu côte à côte durant des années et je ne connaissais pas ses goûts, les lieux qu'il fréquentait, les noms de ses amis, ses passions hormis la littérature. C'était un parfait étranger. Je noircissais la fiche que David Level m'avait remise quand il s'adressa à moi de sa voix grave, enrouée par la nicotine :

— Pourquoi voulez-vous faire suivre votre frère ?

Je levai les yeux vers lui. Il marqua un temps d'arrêt, puis reprit :

— Vous n'êtes pas obligé de répondre.

Je lui expliquai que je soupçonnais mon frère de me faire suivre en lui précisant qu'il était romancier et que j'étais devenu au fil des années son unique sujet d'inspiration. Il me dévisagea longuement comme s'il traquait les raisons de cet engouement pour ma personne mais, à son regard perplexe, je devinai qu'il était déçu. Il ne trouvait rien dans ma personnalité qui justifiât la créativité débridée de mon frère. Il n'avait devant lui qu'un *golden boy* apprêté, élégant sans exubérance, charmant sans être charismatique — un homme banal comme il en côtoyait des milliers. Le froncement de ses sourcils, le rictus qui déformait sa bouche exprimaient cette interrogation qui le minait — Pourquoi lui ? —, et que je m'appropriais — Pourquoi moi ? — comme si, en devenant l'objet d'une expérimentation littéraire, j'avais perdu une part de moi-même.

— Quel genre de choses a-t-il dévoilées ? demanda-t-il.

— Mes liaisons extraconjugales.

Level écrasa sa cigarette par terre puis se leva brusquement.

— J'ai eu toutes sortes de clients, dit-il en se plaçant face à moi, des maris jaloux, des épouses bafouées, des chefs d'entreprise soupçonneux mais je n'ai encore jamais eu de cas comme le vôtre, un homme qui a pour frère un écrivain...

Il déambula un moment à travers la pièce, se pencha à plusieurs reprises pour ramasser des objets qui traînaient par terre. Il me posa une multitude de questions sur mon frère, quel genre d'homme il était, quelle idée je me faisais de sa vie, avait-il des compagnes, des amis ? était-il sociable ou réservé ? A toutes ces questions, je ne répondis pas. Je ne pouvais pas y répondre.

— Savez-vous pourquoi votre frère écrit sur vous ? demanda-t-il enfin.

— J'ai réussi, répondis-je en relevant aussitôt l'absurdité de ce mot « réussite » qui, dans ma bouche, résonnait comme un aveu de défaite. Lui, il végète.

— Qu'est-ce qui vous fait penser qu'il a raté sa vie ?

— Quand un homme se réfugie dans la fiction et l'imaginaire, il y a tout lieu de penser que sa propre vie est un échec.

J'avais prononcé cette phrase sur un ton péremptoire qui ne dupait personne : le seul qui avait échoué, c'était moi, ma présence chez un détective privé en était l'illustration parfaite. Level prit quelques notes. Ses doigts étaient tachés d'encre et je remarquai que sa main droite était amputée d'une partie de son index. Pendant qu'il écrivait, j'imaginais mon frère, assis à sa table de travail, effectuant le même geste. Au bout de quelques minutes, il se leva pour me raccompagner à la porte. Je jubilais intérieurement. Je ne ressentais plus aucune appréhension à l'idée de faire suivre mon frère, d'utiliser des procédés que je condamnais fermement lorsque j'en étais la victime, j'étais mû par une telle curiosité qu'il eût été vain de la refouler. Mon frère décrivait mes vies secrètes, je dévoilerais les siennes. Car lui aussi menait une double vie. L'une, réelle ; l'autre,

150

imaginaire mais il affirmait sans qu'aucun de nous ne le crût que sa vie parallèle restait fictive et se nourrissait de son imagination, parfois de son observation, jamais de son vécu. En sortant de l'immeuble de Level, je me retournai à plusieurs reprises pour vérifier que personne ne me suivait. Et à ma grande stupeur, je reconnus une silhouette familière. A quelques mètres de moi, cachée derrière une voiture, il me sembla apercevoir la jeune fille, Mina, qui accompagnait mon frère à l'hôpital. Je marchai jusqu'à l'endroit où j'avais vu son corps apparaître, puis disparaître comme celui d'un animal sauvage surgissant d'un buisson. Elle n'était plus là. C'était une vision fugitive, j'avais peut-être rêvé.

J'eus à peine franchi le seuil de mon appartement que ma femme se précipita sur moi — il était près de vingt-trois heures ; habituellement, elle dormait à cette heure-là.

— *Elle* a téléphoné, murmura-t-elle d'une voix étouffée.

Elle se tenait droite, figée devant la porte, une main crispée sur la poignée. Ses traits étaient déformés par une colère qu'elle contenait difficilement, des plaques d'eczéma coloraient son buste. Je savais qui était *la femme* qu'elle évoquait, pourtant je demandai sur un ton empreint d'une fausse naïveté :

— De qui parles-tu ?

— De ta maîtresse, lâcha-t-elle sèchement.

— Alicia ? dis-je, abasourdi.

— Tu en connais une autre ?

Oui, j'en connais beaucoup d'autres dont tu ne soupçonnes même pas l'existence, répondis-je intérieurement en me gardant bien de le lui avouer.

— Tu lui as parlé ? demandai-je.

— Bien sûr que non ! s'exclama-t-elle avec une telle violence que sa voix dérailla, émit un son rauque.

Se ravisant, elle reprit :

— Dès qu'elle a reconnu ma voix au bout du fil, elle m'a raccroché au nez.

— Si tu ne lui as pas parlé, comment peux-tu être sûre qu'il s'agissait bien d'elle ?

— Je le sais, c'est tout.

— Tu crois qu'elle chercherait à me harceler ? répliquai-je en retirant mon manteau.

Cette phrase m'avait échappé, je regrettai aussitôt de l'avoir formulée, rien dans mon attitude ne devait laisser transparaître la défiance que m'inspirait Alicia.

— Je t'en prie, n'en parlons plus, enchaînai-je.

Ma gêne était palpable, j'étais si ému que je regardai ma montre d'un air distrait avant d'ajouter :

— Je n'ai pas sommeil, je vais dans mon bureau.

— Fuir, c'est tout ce que tu es capable de faire, renchérit Claire en me toisant.

Et je devinai son monologue intérieur : C'est un lâche ! un homme immature ! un irresponsable ! Pourquoi est-ce que je reste *encore* avec lui ? Dans ce mot, *encore*, s'abritaient la lassitude, l'habitude et le pire, la résignation. Je m'éloignai en direction de mon bureau ; je m'y enfermai, me préparai une ligne de coke. Puis je fouillai dans mes tiroirs pour y trouver les livres de mon frère. Chaque séance de lecture s'apparentait à un acte de torture. La lecture devenait traitement inhumain et dégradant et pourtant je me l'infligeais fréquemment. J'enviais mon père qui ne pouvait plus lire ni comprendre ces phrases qui l'avaient tant meurtri. Je m'assis sur mon fauteuil, je relus le récit de mes liaisons amoureuses. Pour symboliser ma double vie sentimentale, mon frère avait écrit plusieurs passages dans lesquels il distinguait la vie conjugale et la liaison adultère en plaçant systématiquement cette dernière entre parenthèses. C'était inexact. Mettre une liaison entre parenthèses, c'était non seulement l'isoler de la vie conjugale mais aussi laisser penser que j'accordais moins d'importance à mes maîtresses qu'à ma femme, ce qui était faux. Il était vain de croire que l'on pouvait vivre deux vies en parallèle sans qu'une interaction entre elles fût possible. La moindre erreur était susceptible de briser cet équilibre fragile. Il suffisait qu'une personne nous surprenne, qu'une conversation soit entendue pour que tout s'effondre. La perception qu'en donnait mon frère occultait le risque, cet élément sans lequel je serais probablement resté toute ma vie durant le mari fidèle et loyal auquel rêvent toutes les femmes. J'étais un danger pour les autres et pour moi-même ; je roulais trop vite. J'aimais mal. J'étais agité, excité, nerveux ; cette suractivité me permettait d'occulter ma peur du vide et peut-être, aussi, bien que je n'eusse jamais le courage de me l'avouer, la peur de la maladie — la peur de la mort, je parvenais encore à la dominer. L'accident vasculaire cérébral dont mon père avait été victime m'avait anéanti. Par quel odieux tour de passe-passe, un homme vigoureux et valide était-il devenu un corps plongé dans un état végétatif, et qui était ce funeste magicien qui avait substitué un être à un autre ? Il n'y avait rien, dans les livres de mon frère, qui pût m'aider. Rien que de sordides histoires de famille et d'adultère. Elevé par une famille modèle, il avait cherché une faille. Et c'était en moi qu'il l'avait trouvée. Cette fêlure, c'était moi qui la portais. J'étais le seul à avoir transgressé les règles familiales, à avoir dit « non » au modèle de vie que nos parents nous avaient imposé comme un vêtement bariolé et étriqué que j'avais refusé de porter, fût-ce au prix d'une rupture avec les miens, parce que je considérais — à tort ou à raison — qu'il me couvrirait de ridicule.

Je levai les yeux du livre, je crus entendre un bruit qui provenait de la chambre à coucher. J'attendis quelques secondes puis je me replongeai dans ma lecture. Pour moi qui avais renoncé à la littérature, la confrontation avec les textes de mon frère s'apparentait à une initiation amoureuse. Mais je n'en tirais aucun plaisir.

Je lus jusqu'au milieu de la nuit. Quand mes paupières devinrent trop lourdes, écrasées par les mots, je quittai mon bureau puis m'allongeai dans mon lit, auprès de ma femme. Depuis qu'elle était enceinte, elle se couchait plus tôt, comblait la vacuité de sa vie avec de nouvelles heures de sommeil. Je ne m'endormais jamais avant une heure du matin, je repoussais le moment de glisser dans un état léthargique : pourquoi offrir un acompte à la mort puisque l'on sait que l'on paiera à échéance ? Dos à dos, plongés dans l'obscurité, silencieux, nous retenions notre respiration. Cette posture caractérisait l'état de notre relation amoureuse. Que changerait la venue d'un enfant ? Quel lien que nous n'avions pas su créer saurait-il tisser ? Je n'étais plus très sûr de vouloir sauver mon mariage de la débâcle vers laquelle je le précipitais, je testais les propriétés de notre amour et je découvrais qu'il n'était qu'une matière destructible, putrescente. La rupture était sinon salvatrice, du moins nécessaire. De la même façon qu'un vaisseau sanguin avait éclaté dans la tête de mon père, mon désir s'était rompu. Et les conséquences sur nos organismes étaient similaires : nous en avions tous deux perdu la capacité de nous exprimer. En dépit de notre incommunicabilité, je restais auprès de ma femme. J'avais dit « oui » à la communauté de corps et de biens, « oui » à la liberté conditionnelle que la vie conjugale m'accordait. Il aurait fallu dire : « Non ». J'avais été infantilisé par ma propre femme et je m'étais laissé faire de la même façon que j'avais été manipulé par mon frère, nimbé de ce rayonnement moral, cette docilité dont je croyais — à tort — qu'elle me préservait de la rudesse des agressions. Il aurait fallu les affronter l'un après l'autre, répliquer à leurs attaques, ne plus craindre les pressions en tous genres : le chantage affectif et le pire, la menace du passage à l'acte d'écrire ; c'était bien cela que je redoutais le plus, le passage à la feuille blanche comme un passage à tabac. Ils m'avaient tenu en laisse — tous ! — mes parents, Claire, Arno et même Alicia dont j'avais subi trop longtemps les reproches et je me déliais, j'arrachais les cordes avec lesquelles ils m'avaient bridé, sage et soumis, au nom de RIEN. Rien ne justifiait les brimades, les filatures, et ces tentatives d'extirper de force l'amour que je leur refusais comme on extorque des aveux sous la torture ! Mon frère, surtout, m'avait maintenu sous son joug, me gardant prisonnier dans sa geôle de papier sur le fronton de laquelle il avait gravé les mots : *Liberté, Egalité, Fraternité*. Libre, je ne l'étais pas ! Egaux, nous ne le serions jamais ! Frères, avions-nous jamais su l'être ? La seule personne avec laquelle je me sentais encore moi-même ? Mon père ! Il n'exigeait rien, se contentait d'attendre que la mort daigne l'emporter.

Qu'elle finisse le sale boulot ! Il suffisait de l'y aider ! Oh, j'y avais bien songé ! Un jour, en arrivant à l'hôpital, j'envisageai de demander à un membre du personnel de pratiquer une injection d'un cocktail lytique mais je n'en eus pas le courage pour des raisons contraires à celles qui m'incitaient à vivre dangereusement : je préférais encore me contenter du corps inerte de mon père, de son inconscience, de ce qu'il en restait après le chaos, que d'en être définitivement privé. Et j'étais là, allongé dans mon lit, les yeux grands ouverts, les mains posées sur mon ventre, j'attendais que le jour se lève. Je me découvrais patient, passif, soumis — le mari, le frère, le fils idéals ! — et je sentais le regard méprisant de celui que j'avais si longtemps caché en moi, ce militant hystérique qui scandait ALLEZ VOUS FAIRE FOUTRE ! et que je bâillonnais à l'aide des liens que d'autres avaient tissés, je l'étranglais, serrais, serrais fort jusqu'à ce qu'il n'opposât plus aucune résistance.

J'étais à mon bureau lorsque David Level me téléphona quelques jours plus tard pour me transmettre des informations sur mon frère. J'avais presque oublié que j'avais sollicité ses services. Non que la vie cachée de mon frère ne m'intéressât plus mais je m'étais laissé étourdir, quelque chose en moi me retenait encore de percer à jour celui auprès duquel j'avais passé une partie de ma vie sans parvenir à le connaître. Je quittai précipitamment mon travail, me frayai un passage à travers la foule effervescente qui se pressait sur les Champs-Elysées. Level m'avait demandé de le rejoindre dans un café situé à l'angle de la rue de Ponthieu et de l'avenue Franklin-Roosevelt. Il était déjà là, assis en terrasse, bravant le froid, emmitouflé dans un anorak de couleur kaki. Il sirotait un jus de fruits, insensible au souffle du vent qui fouettait le store sous lequel il s'était abrité. Une lumière pâle auréolait son visage. Dès qu'il me vit, il m'adressa un petit signe de la main en souriant comme si ce n'était pas un client mais un vieil ami qu'il retrouvait. Il m'était difficile de croire que cet homme amical, d'une bonhomie singulière, qui portait un regard confiant, presque naïf sur le monde, pût être impliqué dans une activité de filature et d'espionnage conjugal. Il n'inspirait aucune méfiance, n'importe quelle femme l'aurait laissé entrer chez elle sans ressentir la moindre crainte et même moi, d'ordinaire si suspicieux, je n'hésitai pas à lui divulguer des informations sur ma vie privée que je n'aurais confiées à personne, fût-ce sous la menace. Je m'assis à son côté, commandai un café et là, sans qu'il m'eût posé la moindre question, je lui parlai de ma femme, de mon frère, de cette instabilité amoureuse qui avait causé ma perte. Je lui décrivis l'état de prostration dans lequel mon père se trouvait ; il m'écouta avec attention, me regarda avec bienveillance. J'aurais sans doute poursuivi mes confessions s'il n'avait sorti de la poche de son anorak une enveloppe en papier kraft qu'il posa sur la table. Je me tus, retenant les reproches que je m'adressais à moi-même : la culpabilité ne me quittait pas. J'hésitai longuement avant d'ouvrir l'enveloppe ; je ne pouvais me résoudre à violer la vie privée de mon frère en dépit de l'humiliation que la publication de ses livres m'avait fait subir et de la déception que sa trahison m'avait infligée. Car je savais — et cette certitude s'imposait à moi avec une telle violence que je ne pouvais la refouler — que cette transgression, une fois qu'elle serait commise, serait irréparable. Dès que j'aurais levé le voile sur la vie de mon frère, un monde imaginaire s'effondrerait. Les mythes, les fantasmes et autres croyances que j'avais entretenus pendant des années sur son compte voleraient en éclats. Une curiosité insidieuse s'infiltrait en moi, occupait chacune de mes pensées et ni la raison ni la morale ni aucune des valeurs fraternelles que mon bon sens aurait dû invoquer ne pouvaient l'éradiquer. Je voulais *savoir*. Connaître ses secrets. Le connaître Lui. Et pour cela, il fallait transgresser, épier, souiller.

— J'ai lu les livres de votre frère, dit-il d'une voix étonnamment calme.

Mais je ne répondis rien, je détournai mon regard ; à chaque fois que j'entendais cette phrase — et cela m'était arrivé plus d'une fois —, il me semblait qu'une main gantée ouvrait une ruche sur laquelle j'étais penché, libérant ainsi une nuée d'abeilles surexcitées et vengeresses qui dardaient leurs aiguillons dans chaque pore de ma peau, me laissant pour mort, mes chairs intumescentes livrées aux chiens.

Level posa l'enveloppe sur la table, la poussa vers moi.

— Tout y est, murmura-t-il. Mon rapport détaillé, le descriptif des moyens utilisés, du nombre d'heures consacrées à l'enquête, l'emploi du temps de votre frère, quelques photographies ainsi que quelques papiers ramassés dans sa poubelle.

— Vous avez fouillé dans sa poubelle ? demandai-je, interloqué.

— Fouiller la vie de quelqu'un c'est comme pratiquer une autopsie, il ne faut pas craindre de se salir les mains.

Je palpai l'enveloppe. J'hésitai à l'ouvrir. Level rapprocha sa chaise de la mienne ; ses vêtements exhalaient une odeur acétique. Il grignotait une tartine beurrée en gardant sa bouche ouverte ; sa langue charriait les mots et les résidus alimentaires dans ce même mouvement masticatoire. Je m'éloignai un peu de lui, craignant de salir à son contact ma veste en cachemire. Je commençai à décacheter l'enveloppe.

160

— Attendez-vous au pire, me dit Level en essuyant ses lèvres avec la paume de sa main droite.

Le pire ? Mon frère au lit avec ma femme. Cette idée m'obsédait depuis des mois sans qu'elle fût justifiée par un événement particulier. J'imaginais qu'ils avaient une liaison, que ma femme s'était laissé séduire, je devenais soupçonneux, moi qui n'étais pas d'un tempérament jaloux. Mon frère m'avait appris la méfiance. Un jour où ma femme avait émis un jugement positif sur le physique de mon frère (bien avant qu'elle ne lût ses livres), j'osai même fouiller dans son sac à la recherche du moindre indice compromettant sans y trouver autre chose que des effets personnels — tubes de rouge à lèvres, crème pour les mains, vaporisateur de poche, plaquettes d'antalgiques — et quelques cartes publicitaires distribuées par les boutiques de luxe dans lesquelles elle passait la majeure partie de son temps. L'enveloppe me résistait, je la déchirai d'un geste franc. A l'intérieur se trouvaient quatre photographies de mon frère prises à vingt-quatre heures d'intervalle. Sur le premier cliché, mon frère était à sa fenêtre, il fumait, accoudé au balcon, il faisait nuit mais je le reconnus très distinctement. Il était seul. Sur le second cliché, mon frère marchait dans la rue, en plein jour, il tenait plusieurs journaux à la main. Il était seul. Le pire, songeai-je, le pire restait à venir. Sur le troisième cliché, on voyait mon frère devant l'hôpital de mon père en train d'accrocher l'antivol de sa Vespa à un arbre. Sur cette photographie, on distinguait vaguement la silhouette d'une tierce personne mais je ne reconnus pas celle de la jeune fille que j'avais vue en sa compagnie, il s'agissait visiblement d'un simple passant. Enfin, sur le quatrième et dernier cliché, le plus sombre, mon frère était attablé dans un restaurant. Et il était seul.

— Alors ? demandai-je, impatient d'obtenir des explications ou des révélations que ne m'apportaient pas les photographies.

— Alors rien. Cet homme mène une existence modèle. Il reste enfermé chez lui presque toute la journée. Il sort peu, ne reçoit que quelques visites — le facteur, sa femme de ménage, son voisin du deuxième. Un homme sans histoires.

Mon frère, un homme sans histoires ! C'était invraisemblable ; n'était-il pas un raconteur d'histoires ? « Tenez, voici son emploi du temps », me dit Level en me tendant une feuille annotée que je parcourus aussitôt. Son écriture, fine et régulière, contrastait avec son allure dégingandée.

Jeudi 12 septembre 2002 :
7 h 05, Arno Tesson ouvre ses volets. Il allume une cigarette puis s'assoit à sa table de travail.
13 h 15 : il sort de l'immeuble, marche jusqu'à un kiosque à journaux pour y acheter Le Monde, Libération *et* Le Figaro.

— Pour les suppléments littéraires, précisa Level.
Je levai les yeux vers lui.
— Je l'ai vu jeter un supplément Economie.
Je faisais l'inverse. Cet acte expliquait la nature de mes relations avec mon frère : nous ne nous intéressions pas à l'autre. Nos deux univers professionnels — la finance et la littérature — étaient aussi séparés

que pouvaient l'être les suppléments d'un quotidien. Et nous ne mélangions jamais les pages.

Je poursuivis ma lecture :

Il se rend à Issy-les-Moulineaux en Vespa, dans un établissement hospitalier et y reste deux heures auprès de son père.

15 h 30 : il fait le chemin en sens inverse. Il est coincé dans les embouteillages.

17 h : en bas de chez lui, il achète une baguette et un pain de mie. Enfin, il rentre.

De 17 h à 1 heure du matin : il écrit.

A une heure du matin, il éteint toutes les lumières.

La journée du vendredi 13 septembre se déroulait au même rythme à la différence que, ce jour-là, mon frère avait fait quelques courses dans un supermarché, Level avait cru bon de me dresser la liste de ces achats : des céréales, des fruits secs, des légumes, du lait, des yaourts nature, du chocolat noir, de l'eau minérale, du jus d'orange, du fromage, du pain libanais, divers produits ménagers, des citrons verts et quelques bouteilles de Corona.

— Je crois que votre frère est végétarien, conclut-il.

Je ne le savais pas, comme tout le reste.

— Et c'est tout ? demandai-je, dépité.

— C'est tout ce que j'ai pu obtenir.

Je relus le texte dans son intégralité ainsi que le rapport succinct qu'il y avait adjoint. On eût dit qu'il avait été écrit par un enfant de huit ans.

— Il doit bien avoir un ou une amie, il sort le soir ?

— Non. Il sort chaque jour aux environs de 13 heures pour se rendre à l'hôpital où séjourne votre père. C'est tout. Je veux bien continuer à le surveiller mais vous allez perdre votre argent. Il ne se passe rien dans la vie de votre frère !

— C'est impossible ! m'écriai-je, me retenant d'émettre les reproches qui me brûlaient les lèvres : vous avez mal fait votre travail, il a dû deviner que vous le suiviez.

— C'est aussi ce que je pensais ! continua Level. J'ai suivi des centaines de gens dans ma vie et je vous assure que même les plus lisses, des gens en apparence sans histoire, avaient un petit vice — oh ! sans grande importance ! Le jeu, les photos de charme, la gourmandise — mais dans le cas de votre frère, il n'y a rien à dire, cet homme est un modèle de droiture.

Rien sur mon frère ! C'était sans doute dans ce « rien » que se nichaient la haine, la délation. Frustration de ne rien faire, de ne rien désirer ! Il avait fidèlement reproduit le schéma familial.

— Si vous le souhaitez, j'ai là les enregistrements de ses trois dernières conversations téléphoniques. Le jour de notre entretien, j'ai réussi à pénétrer dans son appartement, il n'a pas placé un seul verrou de sécurité à sa porte. Vous voulez écouter ?

J'acquiesçai en hochant la tête. Nous étions seuls à la terrasse du café, quelques passants marchaient devant nous mais à la distance où ils se trouvaient, ils ne pouvaient entendre le contenu des enregistrements. Level sortit un petit magnétophone de sa sacoche puis appuya sur la touche « Lecture ». L'appareil, de mauvaise qualité, grésillait. A moins que ces bruits de fond qui parasitaient le son ne fussent que l'écho de mes crépitements internes. Mon cœur s'emballait comme s'il était la petite boule d'ivoire lancée à la roulette — Faites vos jeux ! Rien ne va plus — dont je craignais qu'elle ne s'arrêtât sur le noir alors que je jouais invariablement sur le rouge. Je reconnus aussitôt la voix de mon frère, cette voix au timbre presque féminin qui vous rassurait, vous laissait penser que peut-être vous pourriez vous confier à lui, allons racontez-moi tout, je vous écoute, tel un psychanalyste dénué de toute déontologie. Ce que j'entendis me pétrifia tant que je fus incapable d'articuler le moindre mot. J'appris que mon frère était insolvable, qu'il souffrait de problèmes dentaires et n'avait pas de mutuelle ; son compte bancaire était débiteur, son propriétaire le harcelait : « Trois mois de loyers impayés ! » Non seulement je ne savais pas que mon frère manquait d'argent mais je pensais qu'il vivait largement de ses droits d'auteur. Au bout de quelques minutes, Level appuya sur la touche « stop ».

— Je crois que votre frère a bien trop de problèmes financiers pour pouvoir s'offrir les services d'un détective. Vous saviez qu'il connaissait de telles difficultés ?

— Non, répondis-je d'une voix étranglée.

En dépit de nos dissensions, rien ne m'indisposait plus que d'apprendre que l'argent était devenu un problème pour mon frère alors qu'il n'en avait jamais été un pour moi. Je refusais qu'un membre de ma famille — fût-il mon frère ennemi — eût à souffrir du manque d'argent. Il ne possédait rien. Ses créanciers le harcèleraient et ne manqueraient pas de lui envoyer leurs huissiers auxquels, sans une intervention extérieure — et qui serait cette intervention presque divine sinon moi ? — sans une aide financière, il se rendrait. J'étais assailli de questions qui se pressaient dans ma tête sans ordre ni ponctuation. Il avait été désigné par le juge des tutelles comme le seul habilité à représenter mon père, à défendre ses intérêts ; pourtant, pour la première fois, je me sentais responsable de mon frère. Il était inconcevable qu'il continuât à gérer les biens de notre père alors que lui-même n'était plus en mesure de supporter les contraintes qui pesaient sur lui. Il fallait s'armer de patience — ce dont j'étais totalement dépourvu —, éviter de le brusquer, nous ne nous étions presque pas parlé ces dernières années sauf pour échanger quelques banalités d'usage, voire quelques reproches. J'étais déterminé à l'aider financièrement ; moralement, il pouvait sombrer. Je lui imposerais ma présence comme lorsque nous étions enfants et qu'il se plaignait auprès de nos parents parce que je le suivais partout, je le copiais : impossible de faire un pas sans qu'il soit là, derrière moi ! Où que j'aille, il veut venir avec moi ! Dites-lui quelque chose ! Mais ils ne disaient rien. Les cadets, n'ayant aucun droit sur leurs aînés, aucune autorité à exercer, se créent leurs propres lois — des lois transgressives — ; je violais le territoire de mon frère, je m'ingérais dans ses affaires personnelles, je lançais mon chien à ses trousses et ce chien — fidèle, quoique très agressif —, c'était moi.

Level me tendit un relevé de compte bancaire déchiré et daté du 10 septembre 2002. A la rubrique

« Débit », je lus le montant suivant : 8 923,71 euros. Sous la colonne « Paiements par carte », je découvris l'origine de ses dépenses : Plus de 500 euros dépensés dans des librairies, 250 euros pour une écharpe, plusieurs notes de restaurant. Mais ce qui m'interpella, ce furent ces nombreux débits enregistrés dans des magasins de vêtements pour jeunes femmes : Morgan, Kookaï, Et Vous, Paul & Joe, Naf-Naf. Pourquoi mon frère se ruinait-il en articles de mode pour adolescentes ? Aussitôt, le visage de la jeune fille qui accompagnait mon frère à l'hôpital surgit dans mon esprit. C'était sûrement pour elle qu'il s'endettait. Mes soupçons se confirmaient. J'étais abasourdi.

— Vous avez lu ce relevé ? demandai-je à Level.

— Oui.

— Et vous n'avez rien remarqué ?

— Je me suis demandé si votre frère avait une fille dont vous aviez oublié de me signaler l'existence.

— Mais mon frère n'a jamais eu d'enfant, du moins pas à ma connaissance ! m'exclamai-je.

Level me lança un regard interloqué.

— Cette semaine, je l'ai vu avec une fille, une adolescente de seize ans dont je ne sais rien ; c'est incroyable que vous ne l'ayez pas surprise une seule fois avec elle...

— Il était toujours seul...

— Je veux que vous continuiez à le suivre. Revoyons-nous dans quelques jours...

Je réglai la note et ses honoraires, glissai l'enveloppe dans la poche de ma veste et quittai les lieux. J'étais ébranlé par les révélations de Level mais plus que la relation privilégiée que mon frère devait avoir avec une adolescente, c'était son insolvabilité qui me tourmentait. Il y avait une certaine indécence à brasser des millions d'euros quand mon propre frère ne possédait plus de quoi vivre décemment. Il n'avait même pas les moyens de se faire poser une couronne sur une dent cariée alors que je venais de dépenser plus de 1 000 euros pour un blanchiment ! C'était pire qu'une injustice. C'était une insulte à ses rêves, une insulte à mes croyances. Car restait ancrée en moi la certitude que mon frère était promis à un destin exceptionnel que sa seule qualité d'aîné lui assurait. Je me retournai à plusieurs reprises pour vérifier que personne ne me suivait. Alicia avait raison, je devenais paranoïaque. Mais derrière moi je ne distinguais que mon ombre, j'avais été si longtemps celle de mon frère que j'en avais oublié la mienne, cette zone opaque de moi-même que je tentais en vain de fuir et vers laquelle mon frère me ramenait toujours. De mon bureau, je téléphonai à ma femme ; notre gouvernante me précisa que Claire dormait encore. Je ne savais pas — sait-on jamais ce genre de choses ? — comment apaiser sa douleur d'avoir été trompée. Pour la première fois de ma vie, je me sentais impuissant. Après avoir raccroché, je ne passai aucun autre coup de fil d'ordre privé. J'hésitai à rappeler Alicia, pourtant, je n'en fis rien, j'éprouvais à présent bien trop de réticences à être écouté, épié. En faisant suivre mon frère, j'étais passé du côté des violeurs de vie privée qui, au nom de leur sécurité financière ou affective, portaient atteinte à celle d'autrui. Si je voulais tout connaître de mon frère, je n'acceptais toujours pas que lui ou n'importe quelle autre personne connût tout de moi.

Et pourtant, quelqu'un connaissait tout. Marc, un employé du *back office** qui avait le droit d'écouter les bandes sur lesquelles étaient enregistrées toutes nos conversations téléphoniques, car, en cas de litige avec un client, nous devions pouvoir apporter la preuve qu'un ordre de vente avait été donné au prix proposé. J'évitais aussi d'utiliser mon téléphone portable car ces appels, n'étant pas enregistrés, suscitaient la suspicion des responsables de la banque. Ce jour-là, je fus convoqué pour un ordre litigieux. Je rejoignis Marc dans la salle où toutes les bandes étaient stockées. Il était au téléphone avec sa femme, il lui parlait d'une voix tendre et douceureuse — un timbre de voix qui m'était étranger, il y avait des mois que je n'avais pas dit à ma femme que je l'aimais, j'avais définitivement oublié le discours amoureux, je ne m'en souvenais même pas de quelques bribes. Je l'observais tandis qu'il lui parlait : son regard dégageait une grande sérénité, son visage avait pris une expression singulière, proche de la béatitude. Il gardait les lèvres entrouvertes, les yeux mi-clos et sa tête penchait légèrement sur le côté comme s'il s'était endormi. L'absence totale d'intimité qui caractérisait le travail en salle ne favorisait guère les confidences amoureuses ; et Marc était là, devant moi, indifférent à ma présence et à celle d'autres collègues qui entraient et ressortaient de la pièce sans poser les yeux sur nous. Lorsqu'il eut raccroché, il me demanda de lui préciser le jour et l'heure auxquels j'avais passé l'ordre de vente contesté par mon client puis nous écoutâmes les bandes. Et là, stupeur, ce ne fut pas la voix du *broker* que j'entendis mais celle d'Alicia qui me murmurait des mots obscènes — c'était un jeu entre elle et moi, un jeu qui prenait une mauvaise tournure. Voilà la forme d'intimité qu'autorisait le métier de *trader* !

— Eh bien, je vois que tu ne t'ennuies pas, ironisa Marc.

— Appuie sur « Avance rapide », répliquai-je en désignant machinalement la touche.

Mais ce fut pire. J'étais en ligne avec ma femme, nous nous disputions au sujet d'une carte de visite qu'elle avait trouvée au fond de la poche de mon pantalon. Marc leva les yeux, cherchant à contenir ses rires, j'appuyai sur la touche « Avance rapide » jusqu'à ce que je reconnaisse la voix du *broker* qui avait passé l'ordre, je lâchai un soupir de soulagement. L'information obtenue confirmait mes affirmations.

— Mon frère rêverait de prendre ton poste, dis-je à Marc en quittant son bureau sous son regard perplexe.

Quelle autre fonction lui eût permis d'obtenir les informations les plus confidentielles sur mon compte ? songeai-je en regagnant mon bureau où m'attendait Alicia, assise sur le rebord de ma table, la jupe légèrement relevée, le visage outrageusement fardé — un accoutrement qui me parut aussi obscène que si elle s'était entièrement dénudée.

— Qu'est-ce que tu fais ici ? lui demandai-je sur un ton teinté d'agressivité. Tu n'es pas à ton travail ?

— Je dois te parler.

— Ce n'est pas le moment, Alicia.

Le CAC 40 avait brutalement chuté. Je reçus plusieurs ordres de vente en l'espace de quelques secondes. Les informations défilaient sur mon ordinateur, toutes mes lignes étaient occupées et même mon téléphone portable que j'avais oublié d'éteindre sonnait dans le vide.

— Il faut que je te parle, je n'en ai pas pour longtemps.

— Ce soir, si tu veux, répliquai-je en gardant les yeux fixés sur mon ordinateur.

— Non. Tout de suite.

Je levai les yeux vers elle :

— Tu dégages maintenant, répliquai-je sur un ton lapidaire.

Au moment où je prononçai cette phrase, une vive douleur me transperça l'estomac. Je portai ma main droite à mon ventre et agitai la gauche pour indiquer la sortie à Alicia. Elle prit un air impavide qui trahissait cette détermination que ni mon mépris ni mon indifférence ne pouvaient affaiblir.

— Tu veux que j'annonce devant tous tes collègues que je suis enceinte ?

Mon voisin de droite leva les yeux de son écran.

— Qu'est-ce que tu dis ?

— Tu as très bien entendu.

— Tu es folle.

172

Elle se leva, se figea, droite comme un *i* et ouvrit la bouche telle une tragédienne s'apprêtant à déclamer son texte. Je la saisis brutalement par l'avant-bras, trop brutalement sans doute puisqu'elle lâcha un cri strident. Tous les regards se tournèrent vers nous.

— Je te l'ai déjà dit, aucun scandale en public, lui murmurai-je à l'oreille tout en la maintenant contre moi de façon à ce qu'elle ne se débattît pas.

Avant de quitter mon bureau, j'indiquai mes positions à mon confrère afin qu'il puisse procéder lui-même aux ordres de vente éventuels. Les battements de mon cœur s'accéléraient, les parois de mon estomac menaçaient de rompre, j'éprouvais la peur d'un homme s'apprêtant à s'élancer dans le vide. Je demandai à Alicia de me suivre dans la salle de réunion qui était inoccupée. Je la saisis par les épaules et d'un geste brusque, la contraignis à s'asseoir. Puis je me plaçai face à elle.

— Je suis enceinte, répéta Alicia, en espagnol cette fois, comme si le fait de l'annoncer dans sa langue conférait à ses paroles une authenticité, une véracité que le français n'assurait pas.

— Qu'est-ce qui me prouve que je suis le père ? demandai-je sèchement.

Elle prit un air outré, fit pivoter sa tête vers la gauche en expirant. Elle avait un très joli profil qui mettait en valeur la courbe de ses cils bruns, la finesse de son nez et le renflement de sa lèvre supérieure qu'elle remuait parfois à la façon des rongeurs.

— Tu peux me mentir...

— C'est la vérité.

Je déambulai à travers la pièce, ne sachant s'il fallait la croire ou mettre sa parole en doute ; la renvoyer sur-le-champ ou l'apaiser ; lui parler d'une voix doucereuse ou l'injurier.

— Il est hors de question que tu gardes cet enfant ! m'écriai-je, regrettant aussitôt d'avoir élevé la voix car je ne souhaitais pas qu'elle se braquât contre moi.

— Je garderai l'enfant, que tu le veuilles ou non. Je ne t'obligerai pas à le reconnaître, je ne te demanderai rien, aucune participation financière.

— Je me fous de l'argent. Je ne veux pas d'un enfant que je ne serai pas en mesure d'élever.

— Tu n'as pas le choix.

Je m'approchai d'elle, l'attrapai par la nuque. Ses cheveux, longs et lisses, avaient la douceur du satin.

— Ecoute, lui dis-je en serrant doucement sa nuque entre mes doigts, tout est fini entre nous, un enfant n'y changera rien.

Elle éclata en sanglots. Je fermai les yeux, frottai mes doigts contre mon front comme s'il s'agissait d'une lampe magique : je fais le vœu de faire disparaître cette femme, je ne l'ai jamais rencontrée, je ne connais même pas son nom mais lorsque je rouvris mes paupières, je vis qu'elle était toujours là, aussi larmoyante ; son visage n'était plus qu'une masse indistincte et rubiconde, une boule de douleur irriguée par un afflux sanguin qui emportait tout : sa beauté, sa grâce et cette luminosité que sa peau hâlée irradiait jusque dans la pénombre.

— Calme-toi ! Calme-toi ! répétai-je, ne sachant plus si c'était à moi ou à Alicia que ces mots étaient adressés.

Mes paroles et mes pensées se mélangèrent dans

mon esprit éprouvé par ces révélations. Je répondais intérieurement à mes propres observations sans parvenir à faire cesser cet étrange dialogue avec moi-même.

— Nous avons besoin de réfléchir (c'est tout réfléchi). Nous ne pouvons pas agir dans la précipitation (dépêchons-nous de prendre un rendez-vous à l'hôpital avant que le délai légal ne soit dépassé). Tu sais que tu peux compter sur moi (n'imagine pas un seul instant que je te soutiendrai). Tu dois agir comme une adulte responsable (puisque je suis un enfant irresponsable). Pense calmement à cette possibilité d'interrompre ta grossesse (avorte !). C'est un simple accident (c'est un acte prémédité, tu m'as fait un enfant dans le dos, tu as oublié ta pilule, ce qui prouve ton inconscience, si tu oublies de prendre ta pilule aujourd'hui, tu oublieras d'aller chercher l'enfant à la sortie des classes plus tard). Tu n'es pas responsable et tu n'as pas à en subir les conséquences (tu es entièrement responsable et je n'ai pas à en subir les conséquences !). Tu imagines ta vie de mère célibataire (tu imagines ma vie de père marié avec deux enfants à charge, un légitime et un adultérin : non ! Non ! NON !) ? Toutes les femmes réagiraient comme toi (tous les hommes réagiraient comme moi). Je comprends tes craintes (si seulement tu comprenais les miennes). Je m'occuperai de tout (oui, de tout, de l'hospitalisation, des frais, pourvu que tu mettes un terme à cette grossesse !). Reprenons notre belle histoire sur de nouvelles bases (cessons immédiatement cette histoire sordide !).

Après maintes supplications, elle accepta de réfléchir à ma proposition puis se leva pour m'embrasser.

Il se produisit alors un phénomène étrange qu'expliquaient peut-être les lois de l'attraction : une sensualité que la caresse de ma main dans ses cheveux avait ranimée me submergeait et je me laissai aller, confus et lâche, à respirer son parfum suave, à jouir du contact de ses lèvres contre ma peau, à croire que — oui, comme avant, avant la grossesse et les ultimatums — je pouvais la plaquer contre moi, dégrafer son chemisier dans ce bureau où se négociaient les transactions les plus importantes, celles qui engageaient l'avenir de la banque et à cette pensée, je lâchai Alicia, devinant que dans les fils de cet érotisme se tissaient aussi des engagements, infructueux ceux-là, puisqu'ils ne sauraient que m'accabler de nouvelles responsabilités. Dépitée, Alicia rajusta ses vêtements, saisit son manteau et, sans un mot, partit en laissant la porte ouverte. Sa force me stupéfiait.

— Encore une de tes maîtresses ? ironisa l'un de mes collègues en passant devant la salle.

Je soupirai. Je ne jouais plus. J'allais être le père d'un enfant que je n'avais pas désiré, un enfant conçu avec une femme que je n'aimais plus. Je travaillai jusqu'à vingt et une heures, essayant d'oublier la nouvelle. En vain. En sortant de mon bureau, je me rendis dans un bar où je commandai plusieurs whiskys avant de me décider enfin, désespéré et à moitié ivre, à rentrer chez moi. En chemin, je tentai à plusieurs reprises de téléphoner à Alicia mais elle avait éteint son portable. J'empruntai la rue Pergolèse, passai devant l'appartement de mon frère qui était allumé. Il habitait à quelques rues de chez moi, au dernier étage d'un immeuble en pierre de taille. Il y avait emménagé quelques semaines après moi.

176

Oh ! j'avais bien songé à déménager ! mais je savais qu'il finirait par me suivre, je le soupçonnais de calquer sa vie sur la mienne : c'était pourtant moi qui avais vécu mon enfance dans son ombre. Nous vivions côte à côte sans jamais nous rencontrer. Je subissais la loi du silence, une omerta familiale que son activité littéraire nous avait imposée. J'espérais secrètement l'entrapercevoir. Toute l'ambiguïté de nos relations se révélait là, dans ce va-et-vient, cette hésitation, ce refus et ce désir inextricablement mêlés.

Une lumière pâle filtrait à travers la vitre de sa fenêtre, il écrivait peut-être, il lisait, reproduisant le schéma familial — il ne savait rien faire d'autre. Je restai un bref moment sous sa fenêtre jusqu'à ce qu'il l'ouvrît enfin. Il tenait sa tête entre ses mains, les coudes appuyés contre le rebord du balcon. Aussitôt je me cachai derrière un véhicule, craignant d'être surpris. Malgré la pénombre, je distinguais sa silhouette androgyne, ses cheveux roux décoiffés, il paraissait calme et détendu ; il fumait. Des volutes se fondaient dans le ciel pommelé. Je l'observai, tapi dans l'ombre. Pendant quelques minutes, je crus qu'il était seul — je n'avais perçu aucun chuchotement — mais lorsqu'il plaqua son corps contre la rambarde de son balcon, je vis qu'une silhouette se profilait derrière lui. Je défaillis. Mon cœur sautait comme un enfant capricieux, des spasmes secouaient mon ventre. Ce n'étaient pas de simples coliques mais des douleurs aussi vives que des coups de poignard assénés aveuglément. Longtemps, je crus que mon frère était homosexuel. Je ne l'avais jamais vu en compagnie d'une femme, je ne lui connaissais aucune liaison féminine sérieuse, il n'avait émis ni le désir de se marier ni celui de fonder une famille en dépit des injonctions de nos parents qui rêvaient de transmettre leur goût de la lecture à leurs petits-enfants. La femme qui s'était confiée à lui après notre rupture — Laure — m'avoua même qu'il n'avait pas cherché à la séduire. Et pourtant, sa rancœur à mon égard était telle qu'elle avait annihilé toute pudeur, si bien qu'elle m'avoua sous l'emprise de l'alcool : « pour me venger de toi, j'étais prête à tout ». Elle s'était offerte à lui et il lui avait dit « non » avec l'assurance des gens sobres quand d'autres auraient peut-être lâché le « non » chevrotant des anciens alcooliques. Aussi loin que je remontais dans mes souvenirs, je ne me rappelais pas avoir vu mon frère amoureux ni même l'avoir entendu émettre la moindre remarque sur la beauté d'une femme. Or je constatais avec stupeur que non seulement mon frère préférait les femmes mais qu'il avait de surcroît jeté son dévolu sur l'une de *mes* femmes ! Car c'était Alicia qui se lovait contre lui, usant des mêmes artifices que ceux qu'elle avait utilisés avec moi quelques heures plus tôt. J'avais reconnu ses cheveux bruns, son port de tête altier, sa peau mate qui se fondait dans l'obscurité. Et son rire dont je percevais le lointain écho, ce rire d'enfant qu'elle lâchait sans se douter — ou peut-être s'en doutait-elle — que mon frère le décrirait précisément dans un livre qu'il écrirait sitôt qu'elle serait partie. Il alignait les mots dans sa tête comme un enfant rédige ses premières phrases, avec application et persévérance. Un bon élève, mon frère ? Non ! Un scribouillard ! Un plu-mitif ! Je me précipitai à l'intérieur de l'immeuble d'où sortait au même moment un homme hagard, montai deux par deux les marches de l'escalier et frappai à sa porte. Il m'ouvrit sans même vérifier l'identité de celui qui lui rendait visite à une heure aussi tardive. Il ne parut pas étonné en me voyant. Pourtant, je n'avais pas franchi le seuil de son appartement depuis des mois ; s'il m'arrivait encore de rôder près de chez lui pour l'entrapercevoir, je ne m'adressais pas directement à lui. Alicia se terra dans un coin de la pièce. Une étrange expression figea son visage.

— Qu'est-ce que tu fais ici ? hurlai-je à Alicia.

— Laisse-la tranquille ! renchérit Arno avant qu'elle pût répondre.

— Tu n'as rien à faire chez mon frère ! vociférai-je.

— Calme-toi, Vincent. Elle va partir.

— Tu es donc condamné à te contenter de mes miettes ! m'écriai-je en le repoussant violemment.

— Oh ! mais elles sont encore très comestibles ! répliqua-t-il.

Alicia se cacha derrière Arno, elle pensait naïvement qu'il la protégerait alors qu'il ne saurait que l'exposer au jugement de ses proches, à la critique. Il la livrerait — nue et désarmée — à la vindicte publique. Il l'offrirait en holocauste à une divinité exigeante et inique — la littérature.

— Qu'est-ce que tu lui as raconté ? demandai-je à Alicia en la saisissant par le poignet.

— Cela ne te regarde pas ! répondit-elle en se débattant.

— Tu as tort, j'ai le droit de savoir ce que tu as

raconté à mon frère. N'oublie pas que tu as signé un contrat !

— Un contrat ? répéta Arno.

— Reste en dehors de cette histoire !

Alicia desserra mon étreinte, pivota vers mon frère en s'agrippant à lui.

— Il m'a fait signer un contrat dans lequel chaque article stipule que je n'ai pas le droit de t'approcher, de me confier à toi.

Elle tutoyait mon frère. Depuis quand le voyait-elle ? Que lui avait-elle dit ?

— Mais un tel contrat n'a aucune valeur juridique ! s'écria Arno.

Alicia haussa les épaules tandis que je détournai mon regard.

Dès les premières semaines de notre relation amoureuse, je lui avais fait signer le document suivant :

CONTRAT DE LIAISON EXTRACONJUGALE

Entre les soussignés :

Mademoiselle Alicia Ruiz, demeurant 22, rue Saint-Dominique 75007 Paris

Et

Monsieur Vincent Tesson, demeurant 54, avenue Foch 75116 Paris

Ci-dessous dénommés les amants ;

IL A ETE CONVENU CE QUI SUIT

ARTICLE 1 — ENGAGEMENT DES PARTIES

A — Les amants s'engagent à s'aimer et se faire plaisir.

B — Les amants ne s'engagent ni à la fidélité, ni à l'assistance.

ARTICLE 2 — ATTRIBUTIONS DE MONSIEUR TESSON

Monsieur Tesson se réserve expressément le droit de déterminer seul :

1 — Les lieux de rencontre.

2 — La fréquence des rendez-vous et des appels téléphoniques.

ARTICLE 3 — FIN DE LIAISON

Si dans un délai de 15 jours, Monsieur Tesson ne donnait pas signe de vie à Mademoiselle Alicia Ruiz, le contrat serait résilié de plein droit. En ce cas, Mademoiselle Ruiz recouvrerait sa liberté, étant précisé que toute somme qui lui aurait été versée et que tout cadeau qui lui aurait été offert lui resteront acquis.

ARTICLE 4 — CAS MALHEUREUX

— En cas de rupture, de maladie ou encore de tout fait accidentel, de force majeure ayant eu pour conséquence l'altération des forces physiques ou morales de Mademoiselle Alicia Ruiz, Monsieur Tesson ne pourra être tenu pour responsable de sa souffrance et il ne sera dû par lui à Mademoiselle Ruiz aucun droit ni aucune indemnité relative à ce préjudice moral.

— Mademoiselle Alicia Ruiz s'engage à ne pas

divulguer d'informations d'ordre privé à toute personne susceptible d'utiliser lesdites informations à des fins commerciales. Elle s'engage notamment à ne pas communiquer par quelque moyen que ce soit avec le frère de Monsieur Tesson, l'écrivain Arno Tesson.

— Mademoiselle Alicia Ruiz renonce à réclamer à Monsieur Vincent Tesson des dommages et intérêts en cas de préjudice moral et notamment au recours au chantage affectif.

Fait et signé en deux exemplaires à Paris,
le 30 septembre 2001.

C'était une mesure préventive, comminatoire. Pourquoi toutes les femmes que j'aimais se vengeaient systématiquement en se confiant à mon frère ? S'agissait-il d'un accord tacite, d'un règlement sectaire que mes compagnes appliquaient sous l'emprise d'un gourou malade ?

— Un contrat de mariage ne te suffisait pas, il te fallait aussi un contrat d'adultère ? ironisa mon frère.

Je me projetai contre lui, le plaquai contre le sol. A travers la maille de son pull-over, je sentais son ossature fragile, ce corps chétif qu'il laissait à l'abandon. Je le frappai de toutes mes forces, lui décochai mon poing dans l'œil droit, le verre de ses lunettes se brisa ; son nez se mit à saigner. Si Alicia ne s'était pas interposée entre nous, nous bousculant puis, s'écriant d'une voix sépulcrale : « Vous êtes malades ! », je l'aurais tué. Elle s'agenouilla auprès de lui, essuya le filet de sang qui s'écoulait de ses narines tandis que je lui donnai des coups de pied dans les jambes. Son corps se recroquevilla, résista aux coups.

« Ça suffit ! Arrête ! renchérit Alicia. Tu vas le tuer ! » « Qu'il crève ! » m'écriai-je en m'éloignant. Devant le miroir de l'entrée, je me recoiffai, j'ajustai ma veste. Alicia se leva brusquement, laissa mon frère à terre puis quitta l'appartement. Je la suivis — elle marchait vite, elle courait. Depuis qu'elle ne portait que des talons plats, elle n'était plus gênée dans ses mouvements. L'avantage des femmes juchées sur des talons aiguilles, c'est qu'elles ne peuvent pas vous échapper. Lorsque je posai enfin ma main sur son épaule, elle se retourna, repoussa mon bras et, les yeux exorbités, hurla : « Laisse-moi ! » Quelques jours auparavant, j'avais le choix entre deux femmes. A présent, j'avais tout perdu. Je la regardai s'éloigner sans ressentir aucune appréhension — l'avais-je aimée ? —, j'étais incapable de manifester le moindre sentiment. Plusieurs de mes compagnes m'avaient reproché mon insensibilité. L'idée de vivre une nouvelle vie me traversa l'esprit. Délié de toute contrainte sentimentale, je pourrais retrouver une certaine forme de liberté, celle dont je m'étais privé en me mariant. J'avais multiplié les attaches, je m'étais enchaîné à des femmes que je n'aimais pas. Il était temps d'en finir avec ces servitudes. Je décidai de retourner chez mon frère, de régler une fois pour toutes nos différends : il me déshonorait, me privait de mes femmes, il ruinait ma vie. Je frappai trois coups à sa porte, j'entendis un grommellement. Il passa sa tête à travers l'embrasure. Son œil droit était si rouge et boursouflé que je crus un instant qu'il saignait.

— Rentre chez toi ! s'écria-t-il.

Et il claqua la porte. Je tambourinai de toutes mes

forces contre la paroi en hurlant : « Ouvre ! » En vain. Elle resta fermée. Je grimpai quelques marches et me cachai dans la cage d'escalier. J'étais seul, plongé dans l'obscurité, j'avais froid et faim : c'était la guerre fratricide, une guerre qui nous avait détruits l'un comme l'autre et dont je ne comprenais pas l'enjeu ni l'issue. La cage d'escalier devenait un champ de bataille duquel je guettais mon ennemi, ce frère qui pendant des années avait braqué son stylo sur moi. Je me relevai, cognai de toutes mes forces mes poings contre le bois. Il ouvrit la porte : « Ça suffit ! hurla-t-il, tu vas alerter tout l'immeuble, qu'est-ce que tu cherches à la fin ? »

— Laisse-moi entrer ! l'implorai-je.

Il pivota, rentra chez lui en entrebâillant la porte ; je le suivis.

— Qu'est-ce que tu veux ? me demanda-t-il sur un ton glacial.

— Je suis venu pour te parler.

— Tu as une bien étrange façon de communiquer, répliqua-t-il en portant sa main à son œil. J'espère que tu as une bonne assurance...

— Je suis désolé mais j'étais tellement...

Il me coupa sèchement la parole :

— Tu es désolé ? Tu as failli m'arracher l'œil, me perforer les poumons. Tu as violé mon domicile, tu m'as frappé, tu sais ce que tu risques ?

— Tu as violé ma vie privée, tu m'as diffamé, nous sommes quittes. Maintenant, dis-moi ce qu'Alicia faisait chez toi.

— C'est à toi de me le dire ! Qui lui a donné mon adresse ?

— Nous sommes passés devant chez toi une fois

et je lui ai dit que tu habitais ici, je ne pouvais pas imaginer qu'elle viendrait te voir... Qu'est-ce qu'elle voulait ?

— Se venger, comme toutes les autres. Qu'est-ce que tu leur fais à toutes ces femmes pour qu'elles t'en veuillent autant ?

Il y eut un long silence.

— Je cesse de les aimer.

Je m'assis sur la méridienne en velours qui trônait au milieu de la pièce. Arno pénétra dans la cuisine et en ressortit deux minutes plus tard, plaquant contre son œil blessé un glaçon enveloppé d'un torchon. Je me levai, marchai jusqu'à lui et portai ma main à son visage mais il me repoussa d'un geste brusque : « Ne me touche plus », dit-il sans animosité.

— Qui était la fille qui t'accompagnait à l'hôpital l'autre jour ? demandai-je aussitôt.

— Si tu es venu pour me poser des questions, tu peux rentrer chez toi, répliqua-t-il en allumant une cigarette.

— J'ai le droit de savoir pourquoi tu l'as emmenée avec toi à l'hôpital.

— C'est la fille d'un ami, murmura-t-il en expirant dans un même souffle les volutes de fumée blanche et les mensonges.

Il mentait mal. Il crispa la partie inférieure de son visage pour se donner un air détaché qui ne fit qu'attiser ma méfiance.

— Et tu emmènes les filles de tes amis à l'hôpital pour rendre visite à Papa ?

— Tu t'immisces dans ma vie privée ?

— J'emploie les mêmes méthodes que toi. Il s'agit de ta fille ?

Il éclata de rire.

— Je suis sûr que tu as une enfant.

Il releva la tête, pencha légèrement son menton vers moi. Un sourire sarcastique à peine voilé par la fumée se dessinait sur ses lèvres.

— C'est complètement ridicule.

— Quel que soit ton degré d'intimité avec cette fille, tu aurais pu t'abstenir de lui montrer notre père.

— Ecoute, Vincent, il est tard et j'ai du travail.

J'ai du travail ! Il osait me dire cela à moi ! C'était sur moi qu'il travaillait ! J'étais l'unique objet de son inspiration. Pourtant, je ne dis rien, je ne souhaitais pas accentuer nos désaccords. C'était le moment idéal pour l'amener à parler de ses difficultés financières ; la promiscuité, l'intimité qui s'était recréée malgré nous m'autorisaient à le faire, mais il me demanda, avant même que j'eusse le temps d'aborder le sujet, s'il pouvait reprendre l'appartement de notre père. En temps normal, j'aurais exigé des explications ; or je savais à présent que sa démarche était dictée par les difficultés financières qui l'accablaient. Sans doute, fut-il surpris de m'entendre lui répondre qu'il était libre de s'installer dans l'appartement familial et d'y rester aussi longtemps qu'il le souhaiterait, il n'avait qu'à retirer l'annonce qu'il avait fait paraître dans une agence immobilière. Je désirais préserver mon frère du ressentiment qui trouvait un terreau fertile — je le savais puisque j'en avais été moi-même infesté pendant l'enfance — dans le manque d'argent et la privation. Si nous avions été rivaux par le passé, ce n'était pas tant à cause de mon désintérêt pour la chose littéraire que pour une raison liée à l'incompatibilité de nos caractères respectifs. Et à trente ans passés, il eût été inconcevable de laisser nos liens se distendre pour d'obscurs motifs financiers, lesquels ne manqueraient pas de susciter la jalousie, l'envie, pour finir par détruire ce qu'il restait de cette fraternité illusoire.

— Il faut que tu m'aides à vider l'appartement, me dit-il enfin sur un ton laconique.

Il paraissait profondément déprimé, il suffisait de regarder ses yeux éteints, son teint terreux, son corps las pour s'en convaincre ; il lui faudrait sans doute des mois pour panser ses blessures, pour soigner la douleur de l'échec — car il s'agissait bien d'un échec — qu'il s'infligeait à lui-même en s'installant dans l'appartement de son enfance, un lieu désormais vide et froid dans lequel la mort et la maladie étaient passées pour tout emporter. Il n'avait pas le droit de vendre l'appartement de notre père ni même de jeter ses affaires personnelles, ses souvenirs. Bien qu'il fût considéré comme étant incapable d'effectuer les actes de la vie courante, mon père restait un être juridiquement protégé ; si son accident l'avait privé de la totalité de ses capacités physiques et mentales, la loi lui conférait encore des droits, cela afin d'éviter les abus que des conjoints ou des enfants sans scrupule ne manqueraient pas de commettre. A défaut d'être habilité à vendre l'appartement, Arno pouvait y habiter à la condition de ne pas aliéner le mobilier de notre père. Il serait condamné à vivre entre les meubles de nos parents ! Il était prisonnier de son passé, de son enfance ! J'avais honte de ne pas être en mesure d'aider mon frère, j'avais honte de ne pas lui dire : allons, je n'ai qu'à transférer la somme d'argent dont tu as besoin sur ton compte bancaire, tu n'as pas à me le demander ni même à me rembourser. Je n'avais qu'à passer un ordre de virement à ma banque, quelques mots et c'était tout. Pourtant, je n'en fis rien, je me contentai d'accepter le rendez-vous qu'il me fixa, je ne lui imposais que ma présence, je n'osai pas lui proposer mon argent puisque je savais qu'il le refuserait — le refus avait été si longtemps la seule réponse à la parole de l'autre qu'il avait annihilé tout espoir de dialogue et jusqu'à la possibilité de l'envisager.

Je me montrai si persuasif qu'Alicia accepta de se rendre à l'Hôpital américain pour y rencontrer le médecin qui avait diagnostiqué le placenta praevia de Claire. Je m'étais occupé de toutes les formalités administratives afin de créer un semblant de quiétude — un semblant : j'étais si nerveux, Alicia, si triste que les masques souriants dont nous étions affublés ne dupaient personne. J'étais allé chercher Alicia à son domicile ; pendant tout le trajet, elle resta silencieuse bien qu'il me semblât entendre les griefs que son cerveau fabriquait malgré lui : il ne s'agissait pas d'une interruption volontaire de grossesse mais plutôt d'une interruption décidée unilatéralement, imposée sous la contrainte, dont elle repoussait l'échéance et redoutait l'issue. Le médecin nous accueillit chaleureusement, il n'y avait plus cette distance entre nous, nous étions presque familiers, les femmes que je lui confiais étaient semblables à des objets précieux donnés en gage. Quelques semaines auparavant, je l'avais supplié de sauver par tous les moyens l'enfant que portait Claire et j'étais là, face à lui, lui demandant d'interrompre la grossesse d'Alicia, une grossesse non désirée, un accident, précisai-je comme si ces explications — qu'à aucun moment il n'avait exigées — pouvaient justifier ma conduite et, peut-être, l'incongruité de ma requête, oui l'incongruité car pourquoi refusais-je à l'une ce que je concédais à l'autre ? Le statut juridique que la loi conférait à mon union avec Claire suffisait-il à accorder des droits à ma femme, des droits sur ma capacité à prendre des décisions, sur ma vie, sur la vie d'Alicia elle-même et, finalement, sur la vie du fœtus ?

Après avoir procédé à un examen gynécologique, le médecin prescrivit à Alicia une pilule abortive ; il lui énonça les différents symptômes que son corps manifesterait — douleurs, spasmes, métrorragies — avec une telle précision, un tel sens du drame et du détail que je craignis un instant qu'elle renonce à sa démarche. Je percevais l'hésitation que ces paroles instillaient sournoisement dans son esprit tourmenté, la peur que cet acte lui inspirait — cet acte bénin, lui assurai-je en lui présentant les statistiques que j'avais lues dans une revue médicale ; non, pas bénin, reprit le gynécologue en énumérant de nouvelles complications possibles, assumant son devoir d'information avec une rigueur dont je subodorais qu'elle n'exprimait rien d'autre que sa crainte des procès. Il fallut alors la rassurer, ce qui me prit quelques minutes (qui me semblèrent des heures tant mes pensées étaient accaparées par la crise boursière qui menaçait depuis quelques mois). Le médecin lui proposa de rester à l'hôpital mais elle refusa, insista pour rentrer chez elle. En chemin, j'achetai les médicaments dont elle avait besoin. Nous fûmes à peine arrivés chez elle que je la contraignis à s'allonger, je lui servis un verre d'eau et, lentement, l'aidai à prendre les cachets. Sa gorge émit des gargouillements étranges pareils à ceux que produit une bouteille vide plongée dans l'eau. Je m'assis sur le rebord de son lit, je serrai sa main dans la mienne, attendant l'expulsion, la perte, je me remémorais l'instant où j'avais fait sa connaissance à New York, les sentiments que j'éprouvais alors : la légèreté, l'insouciance et qui s'étaient muées au fil des mois en une terrifiante gravité, en une sensation insupportable, un étau, oui, son amour, sa présence m'étranglaient et c'était un poids, un poids semblable à celui d'un corps que je portais nuit et jour sur ma poitrine. A aucun moment, je ne lui rappelai l'épisode de la trahison, quand je l'avais surprise avec mon frère — tant que le cachet n'avait pas fait son effet, je ne voulais rien entreprendre qui pût la déstabiliser ou la faire changer d'avis. Je me contentai de caresser la paume de sa main, remontant jusqu'à ses poignets si maigres que je pouvais les ceindre entre mon pouce et mon majeur. Je jetai un bref coup d'œil à ma montre — la Bourse de New York allait ouvrir d'un moment à l'autre.

— Tu n'es pas obligé de rester, dit Alicia d'une voix limpide.

Je me confondis en excuses, me perdis dans des explications labyrinthiques puis, je me levai pour partir quand soudain elle m'apostropha :

— Tu sais, il y a quelque chose que ton frère n'a pas dévoilé dans ses livres.

Je la dévisageai d'un air interloqué, le ton calme de sa voix était presque inquiétant.

— Ta misogynie, reprit-elle. Tu crois que tu aimes les femmes mais en réalité tu les méprises.

Je haussai les épaules, je n'osai pas lui avouer que

c'était elle que je méprisais à présent. Son chantage, ses menaces, ses ultimatums, l'usage qu'elle faisait de son corps comme d'un bouclier humain. Elle parlait mais je n'entendais plus ce qu'elle disait, je ne perçus qu'un son, « crac », une rupture s'était produite à l'intérieur de moi. J'avais déjà posé ma main sur la poignée de la porte quand elle éclata en sanglots. Je la regardai longuement sans oser le moindre geste tendre. J'étais désolé, stupéfait autant par sa réaction que par la mienne : je voulais fuir, je n'y pouvais rien, ma véritable nature avait repris ses droits. J'étais lâche, arrogant, orgueilleux, insensible. Allons, encore un petit effort. AVOUEZ ! Instable, égocentrique, superficiel. Je plaidais coupable ! Et comme un détenu auquel on aurait donné une possibilité de s'enfuir, je m'échappai par la porte principale sous les sanglots et les cris de protestation d'Alicia.

Deux jours plus tard, je fus proclamé Roi du Monde, érigé au rang de monarque omnipotent par mon employeur, celui-là même qui, quelques jours plus tôt, envisageait de me licencier à cause de mes prises de position trop dangereuses. Mon employeur ? Je pouvais à présent lui cracher à la figure, coucher avec sa femme (ou avec sa maîtresse, au choix), lâcher les injures que j'avais contenues lors de notre dernier entretien, et pourquoi pas — oui, plus rien ne m'en empêchait — lui prendre son poste ! Les chasseurs de têtes rôdaient déjà autour de moi comme des vautours, me harcelaient de coups de téléphone, me distribuaient leurs cartes de visite comme s'il s'agissait de billets de banque. La chasse à l'homme était ouverte ! J'étais recherché mais la somme de plusieurs centaines de milliers d'euros qui s'affichait sous mon nom m'était destinée, à moi et à PERSONNE d'autre ! Ils me donneraient le montant de la rançon — j'avais fait de moi mon propre captif ! Je m'étais pris en otage, devenant un héros — l'héroïsme, dans le monde de la finance, ne se manifestant pas par un acte de bravoure mais par la capacité à augmenter un chiffre d'affaires —, un demi-dieu aux yeux de mon employeur, de mes clients, de mes collègues. Et des femmes ! J'avais obtenu le meilleur bonus ! Je pouvais à présent songer à me reconvertir dans les *hedge funds** (car, à trente-deux ans, j'étais considéré comme un vieux *trader*) et exiger d'être associé au capital. Mes prises de risque m'avaient permis d'accéder au statut envié de roi de la finance. Ma désignation se déroula selon une cérémonie très solennelle, suivie de propositions indécentes et d'une promesse de virement de 1 200 000 euros sur mon compte bancaire. J'avais touché le jackpot ! Et le soir même, nimbé d'une nouvelle aura, j'emmenai ma femme et quelques amis passer le week-end à Saint-Tropez. Ma femme ? Elle me regardait à présent comme si j'étais un être exceptionnel, beau et prodigieusement doué. On eût dit qu'une lentille pailletée recouvrait sa rétine, enjolivant sa vision. De façon totalement inattendue, elle m'avoua qu'elle m'aimait et qu'elle me pardonnait toutes les offenses que je lui avais fait subir. L'érosion de son désir n'était plus qu'un lointain souvenir : malgré ses nausées, elle se jeta sur moi avec la fougue d'une nymphomane que même mon frère n'aurait pas reniée. Je réservai plusieurs suites dans le plus luxueux palace, je louai un bateau, je réglai toutes les notes. Je dévoilais une facette sociale du capitalisme sauvage dont nous étions les représentants indignes : je luttais par tous les moyens possibles — call-girls, drogue, voyages — contre l'ennui de mes semblables — la pire des misères humaines. Et nous nous retrouvions, dans le hall de l'hôtel, les boîtes de nuit, nous dépensions ensemble l'argent que j'avais gagné. Sur la plage, assis autour d'une table, nous nous observions mutuellement comme si la seule réciprocité de nos regards nous animait d'un regain d'énergie vitale. Nous ne vivions que dans l'attente de susciter le désir, l'envie dans les yeux de tous nos interlocuteurs — tous, hommes ou femmes, enfants ou vieillards : il fallait séduire ! C'était en eux que je puisais la confiance, l'assurance et une certaine aptitude à la condescendance qui exigeait quelques sacrifices et notamment la rupture avec mes modèles traditionnels. Mais c'était en moi que je tentais en vain de chasser l'image de mon frère retournant au domicile de nos parents, dans cette banlieue dévastée, au douzième étage d'une tour grise, en moi que s'insinuait sa silhouette sombre et frêle comme l'ombre fugitive de mon âme et qui me rappelait à quel point j'étais devenu étranger aux autres et à moi-même.

Il aurait fallu dire non, sur un ton ferme et poli. Il aurait fallu dire : Débrouille-toi, je ne peux pas t'aider à ranger l'appartement de Papa, quelle intimité saurions-nous recréer ? je n'ai pas le temps, tu es tout à fait capable de classer les affaires, après tout, c'est toi le tuteur de Papa — de manière franche et directe. Il aurait fallu dire : Va te faire foutre ! Au lieu de cela — docile et soumis, ce que je n'avais jamais cessé d'être à son égard —, j'acceptai de rejoindre mon frère à Ivry en fin d'après-midi pour récupérer les affaires qui m'appartenaient. Je le retrouvai, tel que je l'avais quitté cinq jours auparavant, vêtu des mêmes vêtements et affichant cet air affligé qui semblait tatoué sur son visage de manière indélébile. Il m'accueillit chaleureusement — un mot qui, dans ma bouche et dans ces circonstances, prenait une signification particulière. Il était aimable et paraissait presque enclin à la discussion, encore que cette dernière supposition ne se confirmât pas puisque nous n'échangeâmes que quelques phrases dénuées d'intérêt. La première chose que je remarquai en entrant fut qu'il avait transporté lui-même ses affaires et son attitude, dictée par les exigences impérieuses de ses créanciers, suscitait ma compassion à défaut de conforter mon assurance. Sa situation financière était si fragile qu'il n'avait pu recourir aux services d'une société de déménagement. Je craignais que ma présence ne l'humiliât bien que ce fût lui qui me demandât de venir et que je n'avais donc pas de raison de garder en moi une préoccupation aussi dénuée de fondement. Je l'observais tandis qu'il entreposait les caisses dans le salon en soufflant — il était asthmatique, la moindre parcelle de poussière suffisait à déclencher une crise. Il s'arrêta un instant, sortit de la poche un spray de Ventoline, inspira quelques bouffées en émettant un sifflement. Il était si nerveux que le spray tomba par terre, je me précipitai pour le ramasser et le lui tendre. Lorsque mes mains entrèrent en contact avec les siennes, je ressentis une sorte de picotement semblable à une décharge électrique. Sa peau était calleuse, aussi rêche qu'une écorce d'orange séchée. Ses doigts, au bout desquels je distinguais des ongles rongés, striés de rainures blanchâtres, s'agitaient convulsivement, s'accrochaient au spray. A son annulaire gauche, aucune bague, et au droit, à quelques millimètres de l'ongle, une bosse disgracieuse provoquée par le frottement de la peau contre le stylo et qui symbolisait cette union forcée avec l'écriture. Mes mains étaient douces et hydratées — une heure de manucure par semaine avec élimination des peaux mortes, ponçage de l'ongle, massage des doigts, application d'huiles. Et j'étais là, engoncé dans mon costume, regardant mon frère tandis qu'il suffoquait. Sa respiration devint haletante, son visage pâlit. J'avais oublié ces crises — je ne vivais plus avec lui depuis plus de dix ans — pendant lesquelles moi aussi je manquais d'air, moi aussi j'étouffais, je priais pour que mon frère ne meure pas, je comptais jusqu'à trente en fermant les yeux pour ne pas voir ses traits contracturés, les tremblements saccadés de sa mâchoire, je plaquais mes mains contre mes oreilles pour ne pas entendre ses sifflements désespérés aussi stridents que ceux d'un train bondé d'enfants dont je savais que, si je le laissais partir, il ne reviendrait plus. Quand enfin sa respiration redevint normale, il éclata d'un rire sardonique, il se moquait de lui-même, des faiblesses de son corps ; je souris aussi pour me donner bonne figure mais intérieurement, je me sentais las et brisé comme si c'était moi qui avais failli mourir. Il me demanda presque aussitôt de vider la chambre que nous partagions enfant, une pièce assez exiguë qui comprenait deux lits, une armoire, un bureau et deux chaises. Tous les objets étaient restés figés dans l'état où nous les avions laissés en partant. Ne manquaient que nos corps empaillés. Je retrouvai mon armoire remplie de vieux vêtements (et notamment de ces chemises de base-ball américain que je chinais dans des friperies des Halles au grand désespoir de mes parents qui ne voyaient dans cette passion pour l'Amérique qu'un rejet de ma propre culture), mes jouets d'enfants, quelques photographies cachées au fond d'un tiroir nous représentant mon frère et moi et qui confirmèrent mes soupçons : les photos étaient les pires ennemis de la vérité. Quiconque trouverait ces photos pourrait croire que nous étions les meilleurs amis, ce que nous avions été jusqu'à l'âge de treize ans. Cet âge qui, pour certains, marque le passage au statut d'adulte, nous figea dans l'enfance pour l'éternité. Après notre départ, nos parents n'avaient pas voulu bouleverser l'ordre initial, celui que leur vie de famille avait instauré et que nous brisions soudain, sur l'impulsion de mon frère ; à moins qu'il n'eût été remis en cause par le chaos cérébral qui avait anéanti mon père et jusqu'à sa Parole. Il me semblait que nous retrouvions une certaine complicité ; renouer avec notre enfance, c'était renouer avec nous-mêmes. Des liens — oh ! si fragiles ! — se tissaient entre nous, malgré nous, même si je n'étais pas dupe ; je ne me laissais pas aller à la moindre confidence tant je craignais que mon frère ne l'utilisât à mes dépens. Ma méfiance à son égard était aussi invalidante que des tics nerveux, j'avais bien tenté de la contrôler, de la tempérer, elle réapparaissait dans n'importe quelle circonstance, encore plus vive. Je ne récupérai aucune affaire dans notre chambre à coucher, la nostalgie s'infiltrait en moi de façon insidieuse. Il suffisait qu'un élément de mon passé surgisse — ce pouvait être une personne, une image, une simple sensation olfactive — pour qu'aussitôt je me sente troublé, ému. C'était l'odeur de cèdre que les placards exhalaient — ma mère déposait de petites plaquettes de bois pour parfumer nos vêtements —, les borborygmes du chauffe-eau qui nous avaient si souvent tenus éveillés, les fiches de lecture annotées qui traînaient çà et là comme des feuilles mortes. Je regrettai d'être venu, ne sachant comment annoncer à mon frère que je souhaitais rentrer — déjà. Il allait vivre entre ces murs : ces mots suintaient l'échec et le renoncement et je me sentais complice de cet échec. En aidant mon frère à s'installer dans ce lieu, je participais activement à l'annihilation de ses rêves, de ses désirs. Et pourtant, il se montrait redevable ! Ma présence aurait dû l'humilier ; il disait : merci. Il s'allongea sur le canapé du salon, sa crise d'asthme avait été bien plus éprouvante qu'il ne voulait l'admettre. A chaque fois qu'il ouvrait un livre, un nuage de poussière opaque se répandait dans l'air, pénétrait ses poumons, se collait à ses alvéoles comme du goudron, engendrant des spasmes et une dyspnée sévère. Les livres l'empoisonnaient lentement.

— Tu dois penser que je n'ai aucune ambition, lâcha-t-il soudain.

Je ne répondis rien, me contentant de hausser les épaules comme si sa remarque était insignifiante alors qu'elle avait creusé un trou en moi, un trou aussi net et profond que l'impact d'une balle de revolver.

— Non, je n'ai aucune ambition, reprit-il, cela te paraît incroyable, n'est-ce pas ?

Et je n'osai pas lui avouer que, oui, son absence d'ambition me révulsait. Il avait choisi de vivre parmi un assemblage de lettres et ce choix, si je le respectais, ne m'en semblait pas moins suspect. Je ne comprenais pas qu'un homme de trente-quatre ans sacrifiât une carrière d'avocat pour l'écriture et plus d'une fois, je lui avais recommandé de mener de front le droit et la littérature. A chaque fois, il se fermait, s'enfonçait dans un profond mutisme. On eût dit que je lui avais proposé une liaison incestueuse. Ce fut pour ne pas avoir à lui répondre que je proposai de vider la cave bien que l'idée d'avoir à pénétrer dans ce lieu crasseux, pestilentiel, sans doute infesté de souris, me donnât la nausée. Il accepta d'un hochement de tête et me regarda m'éloigner sans un mot. Je descendis, traversai un couloir sombre et humide. Sur les murs, des inscriptions ordurières avaient été peintes. En rouge : *Tania, 3e étage à gauche en sortant de l'ascenseur est une salope !* En blanc : *Vive Ben Laden !* et, sur la porte de notre cave, gravés à l'aide d'un canif, ces mots vieux de vingt ans : *Vincent Tesson est un fils de pute.* J'avais oublié ces guerres écrites que nous nous livrions à coup de graffitis, de craies ou de couteaux. A cette époque, je fréquentais un groupe de petits caïds, nous revendions des barrettes de shit à de jeunes cadres branchés. J'avais encore des nouvelles de l'un des membres de cette bande — Mehdi, c'était lui maintenant qui me fournissait la coke ; de revendeur, j'étais devenu acheteur, c'est ce qu'on appelle, dans les banlieues, la promotion sociale. La porte de la cave ne s'ouvrit pas facilement, la serrure me résista, je donnai un grand coup d'épaule ; le loquet céda. A mon grand étonnement, la pièce était presque vide ; seuls un vélo, quelques boîtes et objets sans affectation particulière tels que gobelets, pneus crevés, débris de verre, coupures de journaux, jonchaient le sol humide. Une odeur de renfermé flottait dans l'atmosphère. J'avançai à tâtons comme si je foulais une terre minée, je ne parvenais pas à chasser le dégoût qui me submergeait. Je poussai du pied les objets les plus encombrants quand soudain je découvris, cachée sous un pneu, une petite caisse en carton sur laquelle avait été notée au feutre rouge et en lettres capitales la mention suivante : *VINCENT, PERSONNEL* — c'était mon écriture. Je fus aussitôt saisi d'effroi, je faillis perdre l'équilibre : j'étais en effet persuadé d'avoir détruit cette caisse à une époque où sa seule présence représentait pour moi une incitation au suicide. Je me baissai, ramassai la caisse et la serrai contre moi, à la hauteur de mon ventre. Je sortis en claquant la porte. Lorsque je remontai dans l'appartement, mon frère m'interpella :

— Que s'est-il passé ? Tu es tout pâle.

— Je dois rentrer, répondis-je d'une voix éraillée par l'émotion.

— Déjà ? Tu viens à peine d'arriver...

Mais je ne l'écoutais plus. Je quittai précipitamment l'appartement comme si j'étais pourchassé par un fantôme, je descendis les marches de l'escalier, je poussai la porte, je fis quelques pas jusqu'à ma voiture et je lançai la caisse sur le siège avant du passager. Pendant tout le trajet, je posai mon regard sur elle. Je savais ce qu'elle contenait et ce qu'elle pouvait faire surgir en moi si je l'ouvrais. Cette caisse éveillait en moi le souvenir d'une jeune femme — Léa — que j'avais connue à l'âge de dix-sept ans. Je songeai à cette femme qui aurait pu être assise près de moi, à la place de la caisse : qu'était-elle devenue ?

En rentrant chez moi, je posai la caisse dans le couloir de l'entrée, encore inconscient du trouble que cet objet avait fait naître en moi. Ce fut là, dans l'embrasure de la porte, sur le marbre beige strié de rainures noires, contre la plinthe jaunie, que j'assistai — impuissant — à la matérialisation d'un amour.

Tous les objets ont une histoire. Certains sont nommément désignés, ornés d'une marque, d'une étiquette indiquant leur lieu de fabrication ; d'autres nous apparaissent comme de parfaits anonymes. Ce sont des objets trouvés dans la rue — simples barrettes, portefeuilles, écharpes — égarés par inadvertance ou jetés délibérément — canapés sur lesquels tant de corps se sont lovés, tables à langer devenues inutiles, vêtements étriqués, élimés. Mais il existe aussi une autre catégorie — les objets personnels, ceux qui évoquent des souvenirs, qui nous rattachent à des êtres que nous avons aimés. Ceux-là, j'ai toujours préféré les fuir ou les détruire. Et voilà que l'un d'entre eux réapparaissait.

J'avais dix-sept ans lorsque j'avais fait la connaissance de Léa au mois de mai 1987, à Madrid. Elle était la fille d'une amie de mon père, Marcia Vélasquez, une éditrice espagnole, une femme âgée d'une quarantaine d'années au corps musclé et au visage juvénile, pour le compte de laquelle mon père effectuait des travaux de traduction. Il se rendait en Espagne pour y rencontrer des éditeurs, des auteurs dont il traduisait l'œuvre mais aussi pour son plaisir personnel et ces voyages, en raison de leur fréquence, devenaient une source de conflits permanents avec ma mère. Elle s'y opposait pour des motifs pécuniaires : c'étaient des dépenses supplémentaires qui grevaient un budget dont elle était l'unique gestionnaire. Certains de ses déplacements étaient pris en charge par la maison d'édition qui l'employait ; il lui arrivait toutefois de voyager à ses frais. Trois jours avant le départ de mon père, ma mère ne lui adressait plus la parole. C'était une succession de mises à l'épreuve, de coups bas, d'injures à visée dissuasive. Mon père, qui n'était pas homme à se laisser manipuler, fût-ce par une femme dépressive, préparait sa valise — en silence, chaque mot pouvant déclencher une guerre — et partait sans un adieu. Ses départs et les tourments qui s'ensuivaient ne nous inquiétaient plus ; nous nous étions habitués à ces tragédies, nous savions qu'il reviendrait. En dépit des dissensions, des querelles et de cette incommunicabilité qui les privait l'un l'autre de toute tentative d'extirper d'eux-mêmes les mots pacificateurs, mon père revenait toujours. Ma mère ne l'accompagnait pas lors de ses déplacements et je ne sus jamais si c'était mon père qui le lui interdisait ou si c'était elle, par souci d'économie, qui se privait du plaisir de voyager avec lui. Un jour, j'émis le désir de partir avec mon père, et mes parents, après avoir refusé, avaient fini par accepter. Mon père s'était opposé à ma venue avec une telle véhémence que ma mère, par esprit de contradiction, par suspicion peut-être, se fit mon défenseur et il fut contraint, à contrecœur et après m'avoir fait promettre de ne pas l'importuner pendant ce voyage, de se soumettre à la décision de sa femme. Je l'avais donc accompagné — c'était la première fois que nous partions tous les deux. Il était convenu que nous logerions dans un hôtel voisin, mon père avait décliné l'invitation de Marcia Vélasquez. Elle était venue nous accueillir à l'aéroport puis nous avait emmenés chez elle dans un petit appartement situé à deux pas de la rue d'Espagne où elle vivait avec sa fille, seules la plupart du temps, son mari, un homme chauve et corpulent dont j'avais aperçu la photo dans l'appartement, était pilote de ligne. C'était un trois-pièces décoré simplement qui ressemblait au nôtre : il y avait des livres et des manuscrits dans toute la maison, sur les étagères, sur les tables, par terre et jusque dans les toilettes où je trouvai un livre de Henry Miller intitulé *Reading in the Toilets*. Marcia Vélasquez m'avait séduit par son enthousiasme, sa perspicacité. Elle parlait fort, avec une sorte de gaieté naturelle ; par moments, on eût dit qu'elle piaillait. Au premier abord, je la trouvai laide bien qu'il y eût dans cette disgrâce un érotisme manifeste. Elle était très grande, avec un corps massif, un visage aux traits forts, presque grossiers. En visionnant les films d'Almodóvar, j'avais d'ailleurs été saisi par sa ressemblance avec l'actrice Rossy de Palma. Son nez était long, avec une dénivellation qui conférait une certaine asymétrie à son visage. Sa fille, Léa, âgée de vingt-deux ans, était d'une beauté plus classique : de grands yeux noirs, une peau très mate, des cheveux bruns et épais derrière lesquels elle voilait les contours de son visage, des lèvres rouges et brillantes qu'elle frottait l'une contre l'autre comme si elle menait une lutte contre elle-même et contre ce corps d'adolescente qu'elle habitait encore.

Elle ne mesurait pas plus de 1 m 60 ; elle était mince et n'avait presque pas de poitrine. Elle se tenait droite, cherchant à imposer aux autres ce corps qui s'effaçait si naturellement. Le soir de notre arrivée, nous avions dîné dans un restaurant japonais et, là, j'eus la confirmation de ce qui s'était déjà imposé à moi avec une quasi-certitude : mon père était différent selon qu'il se trouvait à Paris ou à Madrid. Je lui découvris une insouciance que je ne lui soupçonnais même pas. Il buvait, ce qu'il ne faisait pratiquement jamais en France, sa sobriété légendaire avait plus d'une fois suscité les railleries de ses proches. Il riait aussi et ce détail, pour banal qu'il pût paraître, prouvait qu'il se sentait mieux là-bas que chez nous. Quel sens de la dérision ! Quel humour ! Il brillait. J'étais intrigué par cette métamorphose, les psychiatres devaient bien expliquer ce soudain dédoublement de personnalité. Il y avait une raison à cette euphorie aussi excessive qu'inattendue et cette raison, pensai-je alors, c'était les libertés que ces voyages lui octroyaient comme des cartes de séjour à durée limitée. Bien qu'il refusât de l'admettre, sa vie l'ennuyait. Il était resté fidèle à ses idéaux : une existence modèle vouée à la littérature. Discrétion, réserve, maîtrise de soi ! Des impératifs qui volaient en éclats sitôt qu'il arrivait à Madrid. Car, en franchissant la frontière d'un nouveau pays, c'était une autre facette de lui-même qu'il explorait. Il y avait en lui des limites qu'il s'était interdit de dépasser sous peine de se trahir et, à l'étranger, ces contours s'effaçaient. Ce pays possédait une lumière qui inondait l'âme de mon père, s'infiltrait en lui jusqu'à éclairer ses zones les plus obscures. C'était habituellement un homme opaque, réservé. Et il se dévoilait soudain, souriant, volubile, démythifié. Un autre ! Il passa cinq jours dans cet état d'ébriété morale, cinq jours pendant lesquels je visitai la ville avec Léa, la fille de l'éditrice, aussi insouciant que lui ; je goûtai les vertus de la langue, je me laissai griser, je me dédoublai. Il se produisit alors un incident dont je ne parlai jamais à mon père. Le quatrième soir après notre arrivée, je restai seul avec Léa, chez elle, nous passâmes une partie de la soirée à discuter puis, sans que je sache expliquer comment, sans que je puisse déterminer précisément le moment où nos pulsions nous autorisèrent à défier nos sens, ce moment où tout devenait possible, nous nous retrouvâmes, elle, en soutien-gorge, moi, assis derrière elle sur le canapé. Dans cette étrange posture, je lui grattai le dos en faisant crisser mes ongles sur sa peau. J'avais lu que Romain Gary grattait le dos de ses compagnes pour les séduire ; ce geste que l'on réserve habituellement aux animaux de compagnie pouvait être exécuté avec autant de succès sur les femmes. Et effectivement, sous mes griffures, Léa fit le dos rond et quelques minutes plus tard, elle était aussi docile qu'un chat que mes caresses auraient apprivoisé. C'était assez invraisemblable, cette femme à moitié nue, me parlant dans sa langue tandis que je lui répondais dans la mienne, et dont je n'étais pas sûr qu'elle fût consentante — je ne comprenais pas tout ce qu'elle disait et les inflexions de sa voix exprimaient aussi bien le refus que le désir. J'avais déjà connu toutes sortes d'aventures avec des filles de mon âge mais également avec des femmes plus âgées que je séduisais n'importe où, y compris chez mes propres amis ; j'avais ainsi eu une liaison assez brève avec la mère de mon meilleur ami, j'avais quinze ans, elle, trente-sept. Mais pour la première fois, je me sentis littéralement happé comme un corps aspiré par un siphon, j'avais agi sans réfléchir aux conséquences de cet acte, sans prendre la moindre protection et cette inconscience me caractérisait aussi bien que mon inconstance. Il fallait être bien irresponsable pour séduire la fille de l'employeur de mon père, lui qui avait déjà tant de mal à subvenir à nos besoins, qui subissait les calculs méthodiques de ma mère. Aussi, silencieux, presque honteux, je regrettai mon geste sitôt qu'il fut accompli.

Le lendemain, je rentrai à Paris avec mon père.

J'écrivis plusieurs lettres à Léa.

Elle ne me répondit jamais.

La première confrontation entre ma femme et la caisse fut d'une violence inouïe. Elle avait sans doute perçu instinctivement le danger que pourrait représenter cet objet puisque son premier réflexe fut de lui asséner un coup de pied. C'était un geste anodin qui n'exprimait rien d'autre que son exaspération — ma femme ne supportait pas le désordre, notre vie conjugale n'était plus qu'une grande entreprise de nettoyage. Pourtant, ce coup qu'elle avait porté à la caisse, d'une simple rotation du pied, me rendit fou. Il me sembla que c'était le corps de Léa qu'elle bousculait, notre amour qu'elle piétinait avec la hargne des femmes jalouses.

— Qui a laissé traîner cette caisse au milieu du couloir ? gronda-t-elle en franchissant le seuil de notre appartement.

— Moi, répondis-je. Ce sont les affaires que j'avais conservées chez mon père.

— Eh bien, range-les ! m'ordonna-t-elle.

Mais je n'en fis rien. La caisse resta posée par terre dans le couloir de l'entrée. Je ne l'avais pas encore ouverte, je ne me souvenais que très vaguement de ce qu'elle contenait : des objets ayant appartenu à Léa et que je n'avais pas pu me résoudre à jeter, une photographie peut-être la représentant vêtue des vêtements qu'elle portait le jour de notre rencontre : un jean en daim noir, un cache-cœur du même coloris et, aux pieds, des bottines en cuir noir fermées par une bride. Je doutais qu'elle puisse contenir beaucoup de choses, c'était une petite caisse d'environ 10 cm de hauteur sur 20 cm de longueur, fermée par une large bande de ruban adhésif.

Ce soir-là, je fus incapable de proférer le moindre mot. Pendant tout le repas, je restai silencieux, je ne parvins à ingurgiter aucun aliment. A plusieurs reprises, j'invoquai des prétextes pour me lever de table, j'étais pris de l'irrésistible envie de voir la caisse — la seule présence de cet objet dans ma maison me rappelait Léa. C'était elle qui gisait sur le parquet de l'entrée. C'était elle que ma femme avait bousculée en rentrant — la caisse était tout ce qui me rattachait à cette femme. Claire me reprocha mon mutisme dans une logorrhée délirante. Mais je ne l'écoutai pas. Après avoir dîné, elle se coucha et je la rejoignis presque aussitôt, je m'allongeai sur le flanc droit, lui tournant le dos afin de ne pas croiser son regard. J'éteignis la lumière. Et je sombrai dans un profond sommeil. Je fis un rêve étrange : la caisse se transformait en Léa. C'était elle, vêtue d'une robe en carton, les cheveux dénoués, les pieds nus. Elle traversait le couloir de l'entrée, marchait jusqu'à ma chambre, en franchissait le seuil, se glissait dans le lit conjugal entre ma femme et moi. Puis, au moment où je la caressais, elle redevenait une caisse. Et, tandis que je la découpais à l'aide de grands ciseaux à bouts pointus comme si une femme s'y cachait à l'intérieur, ma femme se réveillait et m'adressait un nouvel ultimatum : C'est elle ou moi !, me sommait de choisir entre une caisse en carton et elle. Oui, l'index pointé sur cette caisse, elle me demandait de l'aimer ou de quitter les lieux car, criait-elle, ce n'est plus moi mais cette caisse que tu prends dans tes bras, c'est elle que tu caresses et chaque nuit — chaque nuit —, je t'imagine entièrement nu te frottant contre elle comme s'il s'agissait du corps d'une femme, je préférais encore une présence humaine dans notre lit, ta maîtresse, je pouvais m'en méfier, lutter contre elle à armes égales, cette femme était une rivale *possible* mais une caisse en carton... ? Quels sentiments éveille-t-elle en toi que je ne suis pas capable de susciter ? Je veux le savoir !

— Je t'en prie, Claire, calme-toi ! hurlai-je dans un demi-sommeil.

Je me réveillai en sursaut, j'étais moite, mes mains s'agitaient convulsivement, je cherchais à tâtons le corps de ma femme. Elle dormait profondément. Je quittai mon lit, rinçai mon visage à l'eau claire. Lorsque j'aperçus mon reflet dans le miroir, j'eus un mouvement de recul : des vaisseaux rougeâtres striaient le blanc de l'œil. Mon visage avait pris une coloration jaunâtre que la lumière artificielle du néon affadissait davantage. Je fermai les paupières et m'éloignai. A l'extrémité de l'appartement, j'entendais notre gouvernante qui s'affairait dans la cuisine. Je la rejoignis, je traversai le corridor, la caisse se trouvait à l'endroit où je l'avais déposée la veille, dans le couloir de l'entrée. En la voyant, je ne pus réprimer un sourire, la présence de cet objet rompait mon ennui, la monotonie conjugale qui avait envahi ma vie comme une gangrène. Je la ramassai, l'emportai dans mon bureau. Dès que je fus seul, je décidai de l'ouvrir.

Lentement, à l'aide d'un cutter, je découpai le carton et aussitôt je dressai l'inventaire :

Une photographie de Léa. Elle était assise entre mon père et sa mère, dans ce restaurant japonais où nous avions dîné le soir de notre arrivée.

Un plan de Madrid sur lequel était notée l'adresse des Vélasquez.

Une bouteille de parfum Shalimar à moitié vide que j'avais dérobée le jour de mon départ.

Une paire de collants opaques noirs qui appartenaient à Léa et que j'avais trouvés dans la poubelle de sa chambre.

Une page déchirée du livre de Gabriel García Márquez : *Chronique d'une mort annoncée* dans sa version originale.

Au fond de la caisse, plusieurs lettres cachetées qui m'étaient adressées. Le cachet de la poste indiquait qu'elles avaient été postées de Madrid successivement en mai 1987, juin 1987 septembre 1987. Elles avaient été envoyées au domicile de mes parents, personne ne me les avait remises. Au dos, je lus le nom et l'adresse de l'expéditeur : Léa Vélasquez, 245, Grande Calle, Madrid. Pourquoi mes parents avaient-ils intercepté ces lettres et les avaient-ils cachées ? Quels éléments compromettants pour l'un de nous étaient-elles susceptibles de révéler ? Elles n'avaient même pas été ouvertes, la personne qui les avait rangées ne les avait donc pas lues. Elle avait anticipé un danger — sans doute — mais lequel ? Fébrilement, je décachetai les enveloppes. A l'intérieur, je découvris plusieurs lettres manuscrites que je lus aussitôt. A mon grand étonnement, les lettres que Léa m'avaient envoyées, ces lettres que quelqu'un avait cru nécessaire de cacher, n'étaient que de simples témoignages d'amitié, des lettres en apparence banales au fil desquelles Léa s'étonnait de mon silence. Dans ses lettres, aucune référence à notre liaison — trop éphémère sans doute pour lui avoir laissé un quelconque souvenir alors qu'elle n'avait cessé de me hanter pendant des mois. J'étais totalement abasourdi. Et alors, lentement, je sombrai dans la nostalgie, je m'imprégnais de mon passé. Certaines langues étaient plus propices à l'amour. Je n'avais jamais pu avoir de liaison avec une Allemande ou une Russe, les sonorités de leurs langues étaient si rudes qu'elles écrasaient le désir. Je me souvenais que mon père me racontait des histoires dans d'autres langues qu'il maîtrisait moins bien. Il savait dire : « il était une fois » dans plus de vingt langues, ma version préférée étant l'arabe : *kane ya ma kane*, l'expression commençait et se finissait par le même mot comme une formule incantatoire et magique : *Abracadabra !* Mon père nous ouvrait les portes de la rêverie et de l'imaginaire. Mon frère et moi l'écoutions, éblouis. Pourquoi avais-je choisi d'exercer un métier qui, s'il ne déconsidérait pas la langue, du moins l'altérait ? Nous prononcions dans une même phrase des mots en français et en anglais. Pour gagner du temps, nous écrivions des courriers électroniques en style télégraphique, nos échanges verbaux se résumaient à quelques mots. Notre jargon se caractérisait par des descriptifs sommaires de

situations financières, des termes techniques incompréhensibles pour des non-initiés. J'avais renoncé à
la richesse de la langue, moi qui avais vu mon père
passer des nuits entières penché sur un texte à la
recherche du mot juste comme un homme se met en
quête de son âme sœur. Quand enfin — il le trouvait,
il entrait dans un état extatique proche de la transe.
En lisant les lettres de Léa, je ressentais les mêmes
émotions que mon père, je me rapprochais de lui, je
le *comprenais*. Mon premier réflexe aurait dû être de
jeter les lettres, de les brûler : pourquoi les garder,
elles ne faisaient que fixer des mots qui, s'ils avaient
été prononcés au lieu d'être écrits, auraient été
oubliés depuis longtemps. Et pourtant, je les conser-
vai précieusement. Soudain, il n'y avait plus que ces
lettres, que cette caisse qui contenait les vestiges de
mon histoire avec cette femme étrangère. J'avais
mutilé un amour. Il gisait maintenant dans ma tête ;
le spectacle de cet amour décomposé me faisait jouir
et souffrir. J'éprouvais un plaisir sadique à l'autop-
sier : les fragments d'une passion sont les plus beaux
oripeaux.

Ce fut à cette époque que je me mis à fréquenter assidûment les femmes-objets. Quelques années auparavant, j'avais fait la connaissance d'un jeune mannequin, une fille prénommée Marlène, à travers une vitrine du boulevard Haussmann. Elle portait des dessous en dentelle noire, un porte-jarretelles et posait sous les regards médusés de centaines de passants qui s'agglutinaient autour de la vitrine. L'affaire défraya la chronique. La France se divisa en deux camps : ceux qui jugeaient favorablement la présence de mannequins vivants dans les vitrines des grands magasins et ceux qui y voyaient une atteinte à la dignité humaine et au respect de la femme. Je soutenais les premiers : je trouvais Marlène très digne et je pensais qu'il était plus facile de respecter une femme dénudée lorsqu'une vitrine nous séparait d'elle. Notre histoire fut de courte durée, les féministes obtinrent gain de cause, les mannequins perdirent leur emploi, Marlène s'inscrivit aux ASSEDIC. Sans cet écran de verre qui illuminait sa peau d'un éclat particulier, elle me sembla moins désirable ; je mis sans délai un terme à notre liaison. Je faisais maintenant appel à des call-girls que je choisissais sur Internet, des filles dont les *brokers* avaient testé les performances avant de m'en transmettre les coordonnées. Je cherchais des femmes qui ressemblaient à Léa, telle qu'elle apparaissait dans mon souvenir, et lorsqu'elles franchissaient la porte de la chambre d'hôtel, je les nommais. J'exigeais des femmes jeunes, des brunes aux yeux noirs, à la peau hâlée — non pas rosie par le soleil mais naturellement bronzée ; je leur demandais de se vêtir d'un pantalon noir et, au choix, d'un chemisier, d'un pull col V ou d'un cache-cœur noirs également. Quant aux chaussures, je les désirais élégantes, rehaussées d'un talon de 10 cm et munies, si possible, d'une fine bride en cuir. A défaut de bride, une chaîne de cheville faisait l'affaire. J'étais intransigeant sur les chaussures, je n'hésitai pas à renvoyer avec violence une fille qui avait défié mes désirs en arrivant simplement chaussée de sandales — à brides, certes, mais plates. Je ne rentrais plus chez moi avant minuit, j'invoquais l'instabilité boursière, Claire ne remettait pas en cause la crédibilité de mes alibis : les manchettes des quotidiens économiques confirmaient mes mensonges. Je réservais des suites dans des palaces et là, allongé sur un lit immense, la caisse posée à mes côtés, j'attendais que les filles frappent à la porte de ma chambre. Depuis que j'avais récupéré cette caisse chez mon père, j'étais obsédé par Léa, je la voyais partout, il me semblait même entendre sa voix, je ne vivais plus qu'à travers son souvenir. Je ne pouvais plus jouir sans elle. Elle était devenue un objet d'excitation et de désir. Et je serrais des inconnues dans mes bras, je les prenais de force comme s'il s'agissait du corps de Léa. Son souvenir prenait une réalité matérielle, une caisse puis un corps de femme.

C'était Léa que je caressais, c'était elle dont j'inhalais le parfum. Je n'y voyais aucune perversion, aucune fuite dans l'univers du fantasme. Car mon obsession pour Léa avait un sens : je me réfugiais dans le souvenir, je ranimais ma mémoire *puisque* mon père s'enfonçait dans l'oubli.

Claire, que les sciences occultes et l'astrologie fascinaient, fut la seule à émettre l'hypothèse d'un envoûtement dont j'aurais été la victime. Mais mon psychanalyste, dont le jugement me paraissait plus fiable que celui de ma femme, diagnostiqua une forme de perversion fétichiste. Selon lui et après avoir écouté le récit de mes confidences, l'émergence de la caisse avait réveillé certains souvenirs d'enfance. S'ensuivit une longue démonstration à propos d'un œdipe mal assumé à l'issue de laquelle il conclut que je ne présentais aucun caractère dangereux pour les autres ou pour moi-même. Il fallait toutefois se résoudre à ce pénible constat : j'avais subordonné l'exercice de ma sexualité à la manipulation d'un objet. Je ne pouvais plus accéder à la moindre jouissance sans le recours à cette caisse. Il me rappela le contenu de nos précédentes consultations, mon obsession des chaussures, mes préférences pour les prostituées, mon goût de la mise en scène. A l'écouter, j'étais prédestiné au fétichisme comme d'autres au travestisme. En sortant de son cabinet, j'envisageai d'annuler toutes nos séances futures : au prix où je le payais, j'espérais qu'il soignerait mes angoisses, mes perversions, non qu'il en décèlerait de nouvelles. Un fétichiste ! Si mon frère l'apprenait, songeai-je aussitôt, il ne manquerait pas de le dévoiler dans son livre qu'il intitulerait peut-être *La Vie sexuelle de Vincent T.,* un best-seller — enfin — pour celui qui n'était habitué qu'aux faibles tirages. Par souci de discrétion (par peur du ridicule ?), je n'emportais pas la caisse sur mon lieu de travail. Sitôt que j'étais rentré, je me précipitais vers elle pour la toucher. Un soir, quelques jours à peine après l'irruption de la caisse dans ma vie, ma femme était rentrée plus tard que d'habitude. J'étais dans mon bureau lorsqu'elle pénétra dans l'appartement, les bras chargés de paquets.

— Je t'ai déjà dit que je ne voulais pas trouver cette caisse dans le couloir en rentrant ! vociféra-t-elle en ôtant sa veste.

— En quoi la présence de cette caisse te gêne-t-elle ?

— Cela fait désordre ! s'écria-t-elle.

— Considère qu'il s'agit d'une œuvre d'art.

Elle passa devant moi sans m'embrasser, accrocha sa veste au portemanteau.

— Je sais encore faire la différence entre une vulgaire caisse en carton et un objet d'art.

— Tout est art ! il suffit simplement de savoir le voir.

Elle se retourna. Sous l'effet de la colère, ses yeux avaient pris une teinte foncée.

— Jette-la ! hurla-t-elle.

— Comment ?

— Je te demande de jeter cette caisse.

— Il n'en est pas question.

— Si tu ne le fais pas, c'est moi qui le ferai.

— Pour quelles raisons ?

— Depuis que tu l'as amenée, tu n'es plus le même.

Je haussai les épaules. Nous ne communiquions plus depuis des mois.

— Ce n'est qu'une caisse, tu ne vas pas être jalouse d'un objet ?

— Non, bien sûr, mais tu pourrais peut-être la ranger pendant la nuit.

— J'ai besoin de la caresser avant de m'endormir.

— C'est absolument pervers !

— Pourquoi ? Les enfants tâtent bien des peluches et toutes sortes de chiffons pour apaiser leurs angoisses et personne ne s'en émeut.

Elle se détourna de moi, se plaça devant le miroir et, du bout des doigts, lissa les pointes de ses cheveux.

— Tu n'es plus un enfant ! Tu as presque trente-trois ans. Je ne comprends pas cet intérêt que tu portes à un simple objet.

Elle se retourna, me dévisagea avec condescendance.

— Cette caisse te rappelle quelqu'un, c'est évident, lâcha-t-elle, péremptoire.

Je ne répondis pas.

— Tu agis avec cette caisse comme s'il s'agissait d'une vraie femme ! C'est absurde ! s'exclama-t-elle en portant sa main droite à son front.

Je restai figé, incapable de proférer le moindre mot, je levai les yeux vers la photo de mon père prise avant son accident qui reposait dans un petit cadre en bois sur mon étagère.

Non. Il n'était pas plus absurde de traiter un objet

comme un être humain que de voir un homme devenir un objet.

La désobéissance étant le remède le plus salutaire contre l'oppression conjugale — du moins, le croyais-je, à tort —, je ne rangeai pas la caisse. Et une heure plus tard, j'entendis un fracas effroyable : bruit de verre brisé, de papiers déchirés, geignements. Je sortis précipitamment de mon bureau et là, je constatai avec effroi que ma femme avait mis sa menace à exécution. Déchiquetée, la caisse gisait en lambeaux sur le carrelage de la cuisine. Les lettres et la page du livre de García Márquez avaient été soigneusement déchirées. La bouteille de parfum avait été projetée contre le miroir de l'entrée. Les éclats de verre jonchaient le sol. La paire de collants avait disparu, Claire l'avait sans doute jetée dans la poubelle ou brûlée dans l'évier. Elle avait fouillé dans mes affaires, elle avait introduit ses mains dans la caisse — c'était un viol —, elle avait lu les lettres dans leur sens littéral sans traduction ni commentaire. Elle avait inhalé les derniers effluves du parfum de Léa. C'était une expédition punitive menée par une femme jalouse. Claire avait aussitôt quitté l'appartement. Si elle était restée, j'aurais sans doute été capable de la tuer. Que peut-on encore espérer d'un couple quand la pulsion de meurtre succède à celle du désir ?

Claire m'était devenue étrangère, je ne souhaitais plus la nommer « ma femme », employer le possessif me paraissait à présent aussi incongru que de revendiquer la paternité d'un enfant qui n'était pas le mien. Je partis le jour même. Je ne voulais être claquemuré ni dans la prison instituée par les hommes ni dans celle que la conjugalité avait érigée à la gloire de l'amour. Je laissai un mot d'adieu sur la table du salon. C'était un abandon prémédité du domicile conjugal avec circonstances aggravantes : je quittais une femme fragile pour une autre qui était restée jeune et désirable dans mon souvenir. Mais ce n'était pas sa jeunesse que je recherchais à présent — non —, c'était la mienne. Je pris mon manteau, mon portefeuille, je posai un dernier regard — dur, cruel, détaché : quel cynisme ! — sur cet appartement dans lequel j'avais vécu pendant plus de deux ans. Je traversai le salon, le long couloir qui menait vers la sortie et je claquai la porte.

Je marchai dans la rue — vite — espérant ainsi étouffer les souvenirs qui commençaient à remonter comme une nourriture indigeste. J'entendais les passants hurler dans leurs téléphones portables : ils s'aimaient, se disputaient, travaillaient, en plein jour — quelle indécence ! — ; l'un d'eux égrenait des reproches, c'était une rupture, j'imaginai le visage et la voix de la femme au bout du fil, je songeai à son désarroi, sa colère. Je lui arrachai son téléphone et le lançai contre un arbre.

« Espèce de malade ! » hurla l'homme. Oui, j'étais un malade ! Un fou ! Je ne supportais plus l'intrusion des objets dans nos vies sociales, sentimentales !

Une demi-heure plus tard, j'arrivai au bar de L'Hôtel, avec deux heures d'avance, j'y avais donné rendez-vous à David Level, il m'avait téléphoné la veille pour m'annoncer qu'il possédait de nouveaux éléments sur mon frère.

— Votre frère se fait passer pour vous.

David Level avait prononcé cette phrase sur un ton affligé comme s'il m'annonçait que j'étais mort et que mon frère, en digne héritier, réclamait l'exécution immédiate du testament. Je le regardai fixement, ne sachant quelle attitude adopter, déchiré entre l'étonnement et la consternation — mon frère m'avait habitué à ses surprises que j'interprétais comme de simples digressions noyées dans un discours relativement cohérent.

— Cette semaine, je l'ai surpris dans un café avec une femme blonde, reprit Level, elle lui remettait un sac qui contenait un costume. Il est allé aux toilettes et quand il en est ressorti, il était habillé comme vous.

Level me présenta les clichés qu'il avait pris la veille. Sur les photos, je reconnus mon frère, il était vêtu d'un costume en flanelle grise, pareil au mien ; une femme aux cheveux mi-longs, mince et enveloppée d'une cape rouge le tenait par le bras. Cette femme était son complice. C'était elle qui lui avait demandé de se faire passer pour moi, Level avait surpris une de leurs conversations.

— En sortant, il s'est rendu dans divers endroits en se présentant sous votre nom.

— Et qui est cette fille ?

— Je ne sais pas.

Et, dépité, vaincu, je me levai et me dirigeai vers les toilettes de l'hôtel après avoir demandé à Level de me laisser seul. Je rinçai mon visage, mouillai mes cheveux et restai un long moment, debout, le bassin plaqué contre le lavabo, incapable de me mouvoir. Délation, diffamation, usurpation d'identité, mon frère multipliait les délits sans se soucier des conséquences juridiques ni même des implications morales que ces mensonges engendreraient ! Il voulait vivre ma vie, porter mes vêtements, posséder mes femmes. A quel jeu de rôles participait-il et jusqu'où irait-il dans la manipulation ? Un imposteur ! A aucun moment, Level ne l'avait surpris avec la jeune fille que j'avais rencontrée à l'hôpital. Mon frère était un malade qui aggravait ses névroses en écrivant — non seulement l'écriture n'était pas thérapeutique mais elle était toxique. Nocive pour lui-même et pour les autres. Car c'était moi qui subirais, à coup sûr, sa vindicte. Et c'était à lui que les juges avaient confié la tutelle de notre père, à lui seul ! Lequel de nous deux était le plus déséquilibré ? Lui, le schizophrène ou moi, le fétichiste ? Seul mon psychanalyste pouvait m'aider. J'avais téléphoné chez lui peu après avoir quitté l'hôtel pour lui demander de me recevoir en urgence mais sa femme m'avait annoncé qu'il était souffrant.

« C'est impossible ! m'étais-je écrié, je dois lui parler ! » tout en réalisant, au moment même où je prononçai ces mots, l'absurdité de ma requête : le seul qui devait me donner des explications, c'était mon frère. Je décidai de le rejoindre dans l'appartement familial non pas pour me retrouver auprès de lui — il y avait des années que j'avais renoncé à tout rapprochement entre nous, les blessures étaient trop profondes — mais pour me confronter à lui. Je le soupçonnais de m'avoir demandé de l'aider à vider l'appartement en devinant que je retrouverais la caisse. C'était peut-être lui qui avait intercepté les lettres afin que ma relation avec Léa ne connût aucune issue. Je lui prêtais les intentions les plus malveillantes, lui attribuais les actes les plus pervers : son attitude ne sous-tendait-elle pas cet échange de rancœurs comme autant de boules nauséabondes et lacrymogènes que nous nous renvoyions ? J'étais devenu si méfiant que je me demandais parfois si je n'avais pas atteint la frontière de la paranoïa. C'était bien son but ultime : m'amener jusqu'aux confins de la folie, au cœur de cette terre inhabitée, ronceuse, dévastée par les mensonges, cette fiction où il croyait vivre libre alors qu'il s'y était claquemuré avec la même imprudence qu'un enfant prisonnier d'une pièce sombre dont il aurait fermé la porte à clé, attendant vainement qu'une personne entendît ses cris d'effroi et vînt le délivrer. Je vérifiai que personne ne me suivait, je n'osais plus parler autrement qu'à voix basse de peur d'être écouté. Ma défiance à l'égard des femmes était telle que je ne cherchais plus à les séduire. En quelques jours, j'étais devenu l'époux monogame dont Claire avait toujours rêvé et dont — ironie du sort ! — elle ne voulait plus. Et à l'origine de cette transformation comme de toutes celles qui l'avaient précédée, il y avait mon frère.

Il était près de une heure du matin lorsque je sonnai à la porte de l'appartement familial. Je n'attendis que quelques secondes avant qu'il n'apparût. J'eus un choc en le voyant : il avait teint ses cheveux en noir et les avait soigneusement peignés vers l'arrière. Il était vêtu élégamment d'un costume en laine gris anthracite, d'une chemise blanche. Comme moi, songeai-je. Il s'apprêtait à sortir. Il était seul.

— Qu'est-ce que tu viens faire ici à une heure pareille ? me demanda-t-il sur un ton qui trahissait son étonnement.

— Je peux passer la nuit ici ?

— Pourquoi ? Ta femme t'a mis à la porte ?

— Je n'ai pas envie de m'expliquer. Je veux juste savoir si je peux dormir ici.

L'incongruité de ma requête suscitait sa suspicion. Que son frère lui demandât l'hospitalité en pleine nuit, celui-là même qui n'hésitait pas à afficher ses signes extérieurs de richesse, qui roulait en Porsche et pouvait dépenser plusieurs milliers d'euros en une soirée, oui, que cet homme-là auquel il n'avait guère plus adressé que quelques mots ces derniers mois débarquât chez lui pour y dormir lui parut relever de la farce. Aussi, crut-il bon de préciser, non sans ironie (et dans un cas pareil, je concevais qu'il n'y eût pas de mode d'expression plus juste) : « Ce n'est pas le Ritz ici, tu le sais ? » Puis, devant mon visage défait, il me fit signe d'entrer. Je le suivis dans le salon plongé dans la pénombre. Sur la table basse s'empilaient des livres, différentes revues et des verres à moitié vides. Je pris place sur le canapé. Il ne me posa aucune question.

— Tu t'apprêtais à sortir ? demandai-je.

— Oui.

— Où vas-tu ?

— Quelque part.

— A cette heure-ci ?

— Je ne vais tout de même pas me justifier auprès de toi, dit-il sans animosité.

— Je peux venir avec toi ? Je n'ai pas envie de rester seul ce soir.

Il hésita un instant, puis hocha la tête en signe d'approbation en précisant toutefois que je ne devais pas lui poser de questions.

— Attends-moi une minute, murmurai-je.

Je me dirigeai vers la salle de bains, m'y enfermai. Rien n'avait changé. Dans le tiroir de la commode, je retrouvai le petit miroir qui ne reflétait qu'une partie de mon visage : ma joue gauche et mon nez. Il était bien assez grand pour que je puisse m'y préparer une ligne de coke. J'essuyai distraitement les traces blanchâtres qui tachaient mes narines, je rangeai le miroir et rejoignis mon frère dans l'entrée.

« Tu es allé te repoudrer le nez ? » lâcha-t-il, sarcastique. Je ne me justifiai pas. J'étais et je resterais toujours le cadet, le petit frère qui devait être guidé, porté, épaulé par l'aîné — le modèle, celui dont la naissance avait permis à un homme d'accéder au statut de père, à une femme de devenir une mère, quand ma propre naissance n'avait fait que les conforter dans le rôle que la nature leur avait assigné, sans leur octroyer aucun privilège et, peut-être, sans leur procurer aucune joie. Il s'approcha de moi et, du bout de son index droit, frotta l'aile de mon nez dans un geste *presque* tendre. Cette soudaine intimité réveilla en moi d'autres effleurements, ceux que nos pulsions sadiques nous autorisaient : lorsque nous étions enfants, nous écrasions sur les pages des livres la pulpe de nos doigts contre les corps de moustiques qui se risquaient à perturber notre lecture. Puis, ensemble, nous grattions le papier pour effacer toute trace de l'insecte. Nous avions été complices jusque dans l'infamie et nous étions devenus rivaux quand notre situation familiale — notre mère, morte ; notre père, en voie de mortification — eût exigé une réconciliation, même illusoire, même feinte. C'était pour le piéger que j'étais venu jusqu'ici, pour l'épier ! Et bien qu'il eût la décence de ne pas me l'avouer, je savais qu'il se méfiait de moi. Pour honnête qu'elle parût, cette brusque camaraderie ne dupait personne et surtout pas lui. Aussi, derrière son acceptation — oui, je pouvais l'accompagner à condition de ne pas poser de questions —, je subodorai le plan machiavélique, l'inévitable tournure des événements : ma vie, réinventée, qu'en bon observateur, en écrivain consciencieux, il ne manquerait pas de décrire dans l'un de ses livres.

Il faisait un froid glacial cette nuit-là, qu'une bruine rendait encore moins supportable. Pourtant Arno insista pour emprunter sa Vespa qui était accrochée à un arbre en bas de l'immeuble. Il me tendit un casque, je fis la moue, je craignais de me décoiffer et j'avais oublié mon peigne dans ma sacoche. En m'asseyant derrière mon frère, j'appris que nous nous rendions à la Tour Eiffel. Je ne comprenais pas ce que mon frère avait l'intention d'y faire à une heure aussi tardive mais je n'émis aucune remarque. C'était une nuit particulière, j'avais lu dans la presse du matin que Paris était en fête, plusieurs soirées avaient été organisées dans de nombreux lieux. Au pied de la Tour Eiffel, un panneau annonçait : Nuit blanche à Paris le 5 octobre 2002. Parcours artistique nocturne. Nous prîmes l'ascenseur jusqu'au troisième étage. Des dizaines de personnes attendaient en file indienne, une foule bigarrée, effervescente.

— Qu'attendent-ils ? demandai-je, intrigué.

— Chut ! murmura mon frère. Suis-moi.

Il passa devant tout le monde, s'adressa à un gardien qui était posté à l'entrée d'une pièce. Je n'entendis pas ce qu'il lui dit (ils se connaissaient visiblement puisque le type, un homme corpulent à la mine patibulaire l'avait accueilli par de grands gestes) mais je sentis soudain la pression d'une main vigoureuse contre mon dos et quelques secondes plus tard, je me retrouvai à l'intérieur d'une pièce aménagée comme une chambre à coucher. Il y avait un grand lit à baldaquin sur lequel était allongée une femme dont je ne distinguais que la silhouette longiligne. Je m'assis sur une causeuse placée dans un coin de la pièce, ne sachant s'il s'agissait d'un dialogue que nous mènerions ensemble ou d'un soliloque. C'était une femme d'une quarantaine d'années, belle, magnétique, qui ressemblait étrangement à la femme que j'avais vue en compagnie de mon frère sur les photographies de Level. C'était sûrement elle qui enjoignait Arno de substituer son identité à la mienne. Il fallait lui parler afin qu'elle restât éveillée. Je lui racontai mon histoire, celle d'un homme dont le frère était écrivain, condamné malgré lui à devenir un homme public. Elle m'écouta en écarquillant les yeux puis, soudain, elle ferma ses paupières, fit semblant de s'endormir. Je m'approchai d'elle, je voulais la réveiller en l'embrassant comme les princesses des contes (la scène était assez irréelle pour autoriser cette comparaison) mais avant que j'aie pu l'étreindre, le gardien rentra et me fit sortir de la chambre. Ce fut au tour de mon frère de fouler cette terre étrangère — cette femme ne ressemblait à personne. Je patientai à l'extérieur, encore ébloui, intrigué. Lorsqu'il en ressortit quelques minutes plus tard, son regard était vitreux, comme s'il était sous l'emprise d'une drogue. Cette impression se dissipa rapidement. Nous n'échangeâmes pas un mot avant d'être redescendus au pied de la Tour Eiffel.

— Qui est cette femme ? demandai-je.

— Elle ? Mais c'est Sophie Calle ! s'écria-t-il sur un ton qui trahissait son étonnement. Tu ne la connais pas ? La finance te rend hermétique à l'art ?

J'eus une moue dubitative.

— C'est une artiste, quelqu'un qui n'appartient pas à notre monde, dit-il.

J'avais traversé les frontières de la fiction. J'étais sous le charme de cette femme ; pour la première fois, je comprenais le sens du mot « égérie », un mot magique qui n'appartenait pas au langage de la finance, notre seule muse, c'était la courbe ascendante de nos profits.

— Toi qui es en panne de héros, pourquoi n'as-tu jamais écrit sur cette fille ? lui demandai-je.

— Beaucoup de choses ont déjà été dites sur Sophie. Dans *Léviathan*, l'écrivain Paul Auster a brossé un portrait d'elle assez fidèle. Elle-même a beaucoup écrit.

— Quel genre de choses ?

— Le récit de ses expériences artistiques. Par

exemple, elle s'introduit dans des chambres d'hôtel et photographie les affaires des occupants ; elle reçoit des inconnus dans son lit ; elle choisit de ne manger que des aliments d'une seule couleur : orange le lundi, rouge le mardi et ainsi de suite...

Il me parla longuement de cette femme qui le fascinait depuis des années. Il avait vu ses photographies, visionné ses vidéos, lu ses livres. Il l'avait suivie dans ses pérégrinations artistiques. Je découvrais une autre facette de mon frère. Je lui posai de nombreuses questions sans toutefois oser lui demander s'il avait eu une liaison avec elle ou s'il l'avait aimée, je m'interdisais encore l'accès à ses zones d'ombre. Il y avait toujours ces silences entre nous qui se dressaient comme des cerbères. Mon frère aimait une apparition, j'avais reporté mon amour pour une femme sur un objet. Nous nous leurrions, l'un comme l'autre, nous franchissions des terres habitées par des personnages imaginaires, fantasmagoriques, irréels.

Nous étions rentrés à Ivry, la magie s'était évanouie. Nous nous trouvions dans le salon de l'appartement familial, je contemplais le paysage à travers la vitre : une toile de fond grise semblable à une bâche recouverte de cendres. Lente combustion des lieux et des êtres qui les peuplaient. Ne manquaient que l'odeur âcre des charniers et les effluves suaves des arbres calcinés.

— Pourquoi est-ce que tu es venu t'installer ici ? demandai-je. Tu as des problèmes financiers ?

Il parut choqué par ma question, lâcha un « non » sec.

— Ecoute, Arno, si tu as besoin d'argent, je peux t'en donner.

— Je ne t'ai rien demandé, répondit-il, lapidaire.

— Si tu n'as pas de problèmes, pourquoi as-tu quitté ton appartement ?

— Je n'y trouvais plus l'inspiration.

— Et tu penses que tu écriras mieux ici, dans cet appartement froid ?

— Je m'y sens bien.

— Mais enfin Arno, tu ne t'y es jamais senti bien ! Que cherches-tu à fuir en t'établissant ici ? Une femme ?

Il restait silencieux, il me résistait, je devenais l'oppresseur, celui qui questionnait, harcelait pour mieux le piéger, pensait-il, quand je ne souhaitais que l'aider.

— Il s'agit de Sophie Calle ?

Il branla la tête de gauche à droite.

— Alors qui est-ce ?

Il y eut un long silence.

— Qui était cette fille qui t'accompagnait à l'hôpital ?

— Je te l'ai déjà dit, maintenant, laisse-moi tranquille.

— Ne t'inquiète pas, répliquai-je sèchement, je vais te laisser. Je pars demain.

— Où vas-tu ?

— A Madrid.

Je mentais, bien sûr, je n'avais rien à faire à Madrid, il était trop tard pour espérer retrouver une fille que j'avais aimée quinze ans auparavant, j'avais dit Madrid comme j'aurais dit New York. A l'évocation de cette ville, son visage devint sombre. Il bredouilla quelques mots incompréhensibles, exigea de savoir pourquoi je partais. Je lui dis simplement que j'allais rejoindre une femme.

— Qui t'a mis au courant ? demanda-t-il enfin d'une voix qui contenait mal son émotion.

— De quoi parles-tu ?

Mon étonnement dut le surprendre puisqu'il se ressaisit aussitôt.

— Quelle femme vas-tu chercher à Madrid ? insista-t-il.

« Quelle importance ! » m'exclamai-je en me dirigeant vers la chambre de mes parents dans laquelle nous étions convenus que je dormirais. Je me déshabillai, ne gardai que mon caleçon et me glissai dans les draps glacés. Allongé dans le lit parental, les yeux fixés au plafond, je pensais à nos parents, à la façon dont ils nous jugeraient s'ils pouvaient encore le faire. Ils étaient les seuls responsables de la guerre que nous nous livrions encore, à plus de trente ans. Ils avaient glorifié les mots, affiné les lames : ils avaient armé leur fils. Et ni l'un ni l'autre n'était plus apte à le désarmer. Il exerçait encore son autorité sur moi, il me dominait et je tolérais son emprise parce que je m'y étais délibérément soumis.

« Tu l'as bien cherché ! » s'était écriée Claire après avoir lu son livre. Il me manipulait ! Comme il l'avait toujours fait ! Et je ne me révoltais pas ! Moi qui provoquais les ruptures, moi que n'effrayaient ni les déchirements amoureux, ni les ultimatums, je ne savais pas rompre avec mon propre frère.

Ça s'est passé dans la nuit peut-être était-ce le matin oui c'était l'après-midi il y a avait du soleil et aussi du vent le téléphone a sonné oui du vent au bout du fil le médecin a dit c'est fini j'ai pensé qu'est-ce qui est fini moi lui l'attente la souffrance je suis désolé le spectacle est fini il fait trop chaud c'est chacun son tour sortez vous n'avez rien à faire ici il faut vous calmer chut ne parlez pas si fort vous êtes dans un hôpital oui c'est fini vous m'entendez par suite d'encombrements vous avez été coupés c'est ce que j'essaie de vous dire votre père est mort le numéro que vous avez demandé n'est plus attribué veuillez consulter le nouvel annuaire.

(Papa est mort.) Arno raccrocha le combiné du téléphone en tremblant. (Mon père est mort.) En prononçant cette phrase, je me dédoublai et une part de moi-même gisait à même le sol, nue et mutilée, entaillée par endroits, offerte au regard de tous comme un cadavre autopsié par la main agile d'un médecin légiste. Arno se leva, je le suivis — l'ombre de lui-même. Une demi-heure plus tard, nous arrivâmes au centre hospitalier. Kadi, l'une des infirmières qui soignaient notre père, nous conduisit jusqu'à sa dépouille (votre père est mort en début de soirée, dit-elle).

Mon frère émit le souhait de le voir une dernière fois mais lorsqu'il souleva le drap qui le recouvrait, il ne put contenir un cri d'effroi : notre père gisait inerte, le corps et le visage inhabités, les paupières closes, le souffle éteint. *Et ce n'était pas de la fiction.* D'un geste brusque, il lâcha le drap qui retomba sur le front de notre père. Il se produisit alors une vive explosion — une explosion de mots qui me sautèrent au visage comme des éclats de verre. Des mots entiers. FELICIDAD — LIBRO — MUSÉE — MUJER — DESSIN — ADIEU — PALABRAS — FRONDEUR — TAMBIÉN — MIRAR — LA

FORTUNA — ENCORE — PADRE — DONDE — EL CIELO — LE LANGAGE — HOMBRES — RUPTURE — OTRA MIRADA. Puis des syllabes, les éclats se fragmentaient. FE-LI-CI-DAD — LI-BRO — MU-SÉE — MU-JER — DES-SIN — A-DIEU — PA-LA-BRAS — FRON-DEUR — TAM-BIÉN — MI-RAR — LA-FOR-TU-NA — EN-CO-RE — PA-DRE — DON-DE — EL-CIE-LO — LE-LAN-GA-GE — HOM-BRES — RUP-TU-RE — O-TRA-MI-RA-DA. Enfin, une succession de lettres, les éclats devenaient poussière, le langage se démembrait, annonçait la dislocation du corps de mon père.

FELICIDADLIBROMUSÉEMUJERDESSIN ADIEUPALABRASFRONDEURTAMBIÉNMIRAR LAFORTUNAENCOREPADREDONDEELCIELOLE LANGAGEHOMBRESRUPTUREOTRAMIRADA.

Et tout à coup, le silence. Ce silence de la mort qu'aucune langue — AUCUNE — ne peut traduire. C'est le silence des eaux profondes lorsqu'une main épaisse maintient notre tête sous l'eau et que nous parviennent les sons d'en haut, les cris de ceux qui respirent encore, simple brouhaha à peine audible. Un hurlement aux oreilles de celui qui va mourir ! Où est passé le souffle de vie qui animait encore cet homme ? — oh ! un filet, juste un filet ! il ne s'agissait plus de ce souffle puissant qui gonfle vos poumons et qui, une fois expiré, imprègne l'atmosphère. Le souffle de vie s'était échappé du corps de mon père et voilà que soudain, il fuyait aussi de la bouche de mon frère. Arno suffoquait, me regardait de ses grands yeux écarquillés, exorbités : vite, dans la

poche de sa veste, le spray de Ventoline qui le réani-
merait. Vite, une inhalation comme un bouche-à-
bouche puis deux, trois, faire cesser ce sifflement, le
train va partir, il ne reviendra plus et, enfin, un
souffle ténu mais régulier. Je l'aidai à s'asseoir, lui
apportai un verre d'eau, ventilai son visage à l'aide
d'un journal. Lorsqu'il fut calmé, il me proposa de
déclarer le décès et me fixa un rendez-vous au siège
d'une entreprise de pompes funèbres dans l'après-
midi. Je devais simplement récupérer les affaires qui
appartenaient à notre père. En pénétrant dans sa
chambre, je retins difficilement mes larmes. Je me
rappelai ce jour où j'avais trouvé la chambre vide et
où j'avais cru que mon père était mort. Plusieurs
livres étaient posés sur sa table de nuit, je les rangeai dans un sac sans même en lire les titres. Et je
pensai, en exécutant ce geste, que la vie était semblable à un livre — un livre *prêté* que l'on devait
restituer un jour ou l'autre à son seul propriétaire. Il
n'était pas acquis, il ne nous était pas donné. Et
pourtant, nous étions libres de l'écorner, le déchirer,
le brûler. Le livre de la vie, mon père l'avait lu en
français et en espagnol dans le texte. Il devait maintenant le rendre. D'autres que lui le liraient, en
auraient une autre lecture.

Quand toutes les affaires de mon père furent rangées, je quittai l'hôpital. Je devais rentrer chez moi
pour me changer et y récupérer quelques vêtements.
A ma grande stupeur, je découvris que Claire avait
changé les serrures de l'appartement pendant mon
absence. Je lui téléphonai pour lui demander des
explications mais après m'avoir menacé d'appeler la

police, elle me dit qu'elle avait demandé le divorce. Je lui annonçai que mon père était mort et aussitôt elle se radoucit — la nouvelle du décès avait eu des vertus apaisantes. Aux injures succédèrent les condoléances — je ne pouvais tout de même pas espérer des mots d'amour. Je descendis les escaliers, sonnai à la loge de la concierge. Elle sursauta en me voyant, porta sa main à sa bouche : « oh ! mon Dieu ! s'écria-t-elle, je croyais que vous étiez mort ! » (mon père est mort, répétai-je en mon for intérieur). Elle me dévisageait, hagarde ; elle portait une robe à motifs fleuris et une paire de chaussons roses.

— Ma femme vous a dit que j'étais mort ? demandai-je sur un ton sec.

— Non, mais hier elle a frappé à ma loge ; elle était en larmes, je lui ai demandé ce qui n'allait pas, elle n'a pas voulu répondre et s'est contentée de me dire de prendre toutes vos affaires. Elle m'a dit : vous avez les clés, je vous laisse deux heures pour tout vider. Et j'ai tout pris.

— C'est une erreur, je dois les récupérer.

— Mais c'est impossible ! s'écria-t-elle en levant les mains au ciel, je les ai données à mon beau-frère qui est rentré hier à Lisbonne.

— Ouvrez-moi l'appartement ! lui ordonnai-je.

Et, apeurée, elle obtempéra, elle possédait un double des clés. L'appartement était vide ! Il n'y avait plus un meuble, plus un objet. Je dressais l'inventaire de tout ce que j'avais perdu. Et tout d'un coup, au milieu de cet inventaire d'objets auxquels j'avais associé des prix réels ou approximatifs pour me faire une idée de l'ampleur de la perte, surgit le nom de mon père. Le préjudice financier, je pouvais bien le quantifier mais le préjudice moral, la douleur que me causait la disparition de mon père, quel juge saurait l'évaluer ? Qui nous dédommagerait, mon frère et moi ? Orphelins, désormais. Pupilles de la Nation. Majeurs incapables sous la tutelle de PERSONNE.

Un peu plus tard, dans l'après-midi, je rejoignis mon frère dans un magasin de pompes funèbres dont le personnel de la morgue nous avait transmis les coordonnées. Arno était déjà là, il fumait devant la boutique. L'employé nous proposa une visite guidée de sa salle des cercueils mais je déclinai l'invitation : « je veux ce qu'il y a de plus cher », lâchai-je laconiquement.

« Il n'en est pas question ! s'écria Arno, on ne va pas dépenser des milliers d'euros pour un cercueil, prenons quelque chose de simple et pas trop cher puisque Papa va être incinéré ! » Une discussion sordide et bien réelle ! songeai-je en observant le regard exaspéré du vendeur. En sortant, je demandai à mon frère s'il avait commencé à rédiger l'éloge funèbre. Il me répondit qu'il ne voulait pas prendre la parole.

— Mais c'est à toi de l'écrire, c'est toi l'écrivain ! m'écriai-je.

— Il n'y aura pas d'éloge, répliqua-t-il. Maintenant que notre père est mort, tu voudrais qu'il devienne un type respectable ! Quand il était vivant, tu lui reprochais tout le temps de manquer d'ambition, d'être dur et intransigeant avec toi. Il faut se méfier de la mort : elle enjolive tout. Tu voudrais que je me lamente — les seules choses qui nous rapprochaient étaient les livres —, que j'énumère diverses qualités qu'il ne possédait pas : la gentillesse, la bienveillance, l'attention portée aux autres. Eh bien, non ! Papa était autoritaire, colérique, nerveux, cruel parfois.

Puis, tout en s'éloignant, il lâcha d'une voix étonnamment calme : « Papa était un salaud. »

Le lendemain de l'incinération, Arno et moi reçûmes un appel d'un notaire. Tôt, dans la matinée, la sonnerie de téléphone avait retenti et je n'avais pas voulu répondre tant j'étais persuadé qu'il s'agissait de Claire ou de son avocat, les formalités de notre divorce devenaient une source de conflits financiers et moraux insurmontables. Certes, elle avait tenu à assister à la crémation, mais je devinais que sa soudaine bienveillance ne masquait en réalité qu'une sournoise tentative de m'amadouer dans l'intention de m'extirper plus d'argent. Je me méfiais de Claire, elle était calculatrice, manipulatrice comme j'avais sans doute dû l'être moi aussi à une certaine époque de ma vie, une époque dont je voulais oublier les affres puisque mon père était mort et qu'il n'y avait plus aucune autorité contre laquelle s'insurger. Je n'avais plus RIEN à prouver, plus PERSONNE à défier.

« Alors, réponds, moi, je ne veux parler à personne ! » avais-je dit à mon frère lorsque le téléphone avait sonné. Et Arno avait décroché le combiné. Pendant toute la durée de la conversation, il se contenta de lâcher des « oui », « non » en hochant la tête. L'accablement se lisait sur son visage. Puis, il nota un nom et une adresse sur un calepin.

« C'était le notaire, Papa a laissé un testament », murmura-t-il en raccrochant le combiné.

— Un testament ? répliquai-je, pour quelles raisons, Papa ne possédait rien à part cet appartement qui ne vaut pas plus de 100 000 euros ?

Arno haussa les épaules.

— Nous avons rendez-vous demain à 14 heures à son cabinet.

— Tu sais pour quelles raisons Papa nous aurait laissé un testament ? demandai-je.

— Non, lâcha Arno.

Mais à son regard éteint, sa mine défaite, je compris qu'il mentait.

— Je ne t'accompagnerai pas chez le notaire.

Mon frère me fixait des yeux. Sa soudaine assurance, la détermination que sa voix laissait transparaître m'étonnèrent tant que je restai un long moment debout, bouche bée, ne sachant s'il fallait le contraindre, exiger des explications ou, au contraire, se soumettre — ainsi que je l'avais toujours fait, ainsi que mes parents me l'avaient appris : TU LUI OBÉIRAS ! —, se soumettre à la parole de mon frère. Mais je ne répondis rien, ce fut lui qui répéta sa phrase en ajoutant un élément de négation : non, je ne t'accompagnerai pas chez le notaire, la même phrase comme un écho, comme s'il voulait être sûr d'être entendu par son frère et au-delà, oui au-delà car il me semblait que ce n'était pas moi qu'il défiait mais notre père (ou ce qu'il en restait, des cendres recueillies dans une urne), ce père mort qui exigeait encore qu'il se rendît à telle heure, en un lieu déterminé par lui seul — sans consultation préalable, sans concertation ! avec son seul consentement non pas éclairé mais illuminé : il fallait être fou pour accepter d'être convoqué par son père après sa mort —, à la rencontre d'un homme de loi qu'il avait choisi, payé pour ouvrir un testament qui n'annoncerait rien de plus que ce qu'il savait déjà. Oui, il le savait (et toi aussi, il est temps que tu saches que), il l'avait toujours su (tandis que toi, semblait-il me dire, son regard pointé vers moi comme une main menaçante prête à frapper, toi tu ne savais pas, tu faisais semblant de ne pas savoir !). Et il me le dit — sèchement, c'est-à-dire dans la langue des aînés —, je ne viendrai pas parce que je sais ce que ce notaire va nous annoncer, je sais ce qui va se jouer dans son bureau (un coup de théâtre, songeai-je, un vaudeville), cet homme est payé pour exécuter les volontés d'un mort, notre père, un homme qui n'a pas été capable de les réaliser de son vivant ! Le notaire nous dira — il l'a payé pour faire ce sale boulot avant de perdre l'usage de la parole, il l'a payé, faisant de lui son complice, alors qu'il aurait pu nous le dire de vive voix —, il nous dira sur un ton solennel et dénué d'émotion — car c'est un homme de loi —, que nous ne sommes pas deux mais trois : deux enfants légitimes et une enfant adultérine. Et tu penseras : où est-il allé chercher toute cette merde ? comme vous me l'avez demandé après la publication de mon livre et il ne sera pas là pour te répondre, il ne sera convoqué ni par le tribunal conjugal ni par le tribunal familial, il ne sera jamais jugé ni par sa femme ni par ses enfants. PERSONNE ne le jugera car PERSONNE ne parle sa langue. Le notaire te traduira les paroles de ton père, une partie de sa vie est écrite en espagnol et tu ne pourras jamais la comprendre. Tu ne parles pas la langue de ton père. Cet homme parlait deux langues et pour chaque langue, il avait une vie différente. L'une, en France, où il parlait français ; l'autre, à Madrid, auprès d'une

Espagnole. De chacune de ces femmes, cet homme avait eu des enfants : deux fils de la Française et une fille de l'Espagnole. Il se dédoublait. Deux femmes, deux domiciles, deux pays et trois enfants ! C'est cette schizophrénie amoureuse qui l'a poussé lui — le bon père de famille, l'homme intègre et loyal, le traducteur fidèle aux mots et à eux seuls ! — quelle mascarade ! — dans les bras d'une éditrice madrilène, cette femme que tu as connue, Marcia Vélasquez, et dont il a une fille, Mina, celle que tu croyais mienne. Et c'est cette même folie qui a conduit notre mère à lui adresser cet ultimatum absurde : « c'est elle ou moi ! » après avoir découvert cette vie clandestine, souterraine, dont la sécurité était assurée par le tracé de frontières protégées. Pendant dix ans, elle a supporté le poids du silence et de l'humiliation. Oh ! elle avait le sens du partage ! le dévouement était une seconde nature, jusqu'au jour où elle n'avait plus supporté les mensonges, la trahison, la perte de l'être aimé, il s'éloignait et elle avait cru le garder en prononçant ce stupide ultimatum — les hommes ne savent pas choisir.

Pendant dix ans, il l'a maintenue dans l'illusion d'un possible retour à l'ordre initial.

Et la onzième année, humiliée, bafouée, notre mère a avalé deux tubes de barbituriques. La mort de notre mère ? un suicide !

La suite du monologue de mon frère n'était qu'un bredouillage indistinct et incompréhensible. Le jour où Arno avait découvert le corps inanimé de notre mère sur le parquet de la salle à manger, il avait appelé un médecin qui avait diagnostiqué un arrêt cardiaque. C'était la version officielle, celle qu'il nous avait racontée. En réalité, il avait bien trouvé notre mère mais à son côté, il avait ramassé deux tubes de valium et une lettre qu'elle avait rédigée avant de mourir à l'attention de notre père. Arno avait jeté les tubes vides, brûlé la lettre. D'une certaine façon, il avait protégé notre père, il l'avait épargné puisqu'il n'avait jamais su la vérité sur la mort de notre mère.

« Je suis sûr qu'il s'en doutait », murmura-t-il. C'est en fouillant dans les affaires de notre père et dans ses fiches de traduction, celles qu'il interdisait à quiconque d'ouvrir, qu'il avait trouvé une photo d'une jeune femme et d'une petite fille. Au dos, il était écrit : « *Marcia y Mina, Augusto 1995* ». Lorsque notre père eut cet accident vasculaire cérébral, il rechercha cette femme pour la prévenir. Il obtint rapidement son adresse, son numéro, il appela et deux jours plus tard, elle était là, à Paris, avec sa fille, *en secret*. Depuis, elles venaient fréquemment lui rendre visite, ensemble ou séparément. La semaine passée, Mina était à Paris et elle lui avait téléphoné pour voir notre père — son père ! c'est pourquoi je l'avais rencontrée à l'hôpital. Toutefois, elles refusèrent d'assister à l'incinération pour les mêmes motifs que ceux qui expliquaient l'absence de mes grands-parents : la foi ! Mon père avait aimé une femme croyante et dévote. C'était invraisemblable !

Je pivotai vers mon frère et, sur un ton monocorde, je lui demandai qui était le père de la fille aînée de Marcia, Léa. Je craignais que ce ne fût mon père mais il m'affirma que Léa était la fille de son premier mari. Je comprenais à présent pourquoi mon père m'avait interdit de la revoir, pourquoi il avait intercepté ses lettres. Il craignait qu'elle trahisse le secret de sa mère et de mon père, leur double vie. Et je me rappelais la façon dont mon frère avait décrit ma double vie amoureuse dans l'un de ses livres en plaçant l'adultère entre parenthèses. Deux vies distinctes ! Aucune interaction entre elles ! C'est ce que notre père avait cru possible !

— Alors ? me demanda-t-il sur un ton où il me sembla déceler une certaine complicité comme s'il guettait une réaction de ma part.

— Je crois que cette histoire serait un excellent sujet de roman, répondis-je.

Et sans autre commentaire, je m'éloignai en songeant que la fiction nous aiderait peut-être à travestir la réalité.

Monsieur Arno Tesson
5, rue de Paris
94200 Ivry-sur-Seine

Le 12 avril 2003

Lettre recommandée avec accusé de réception
_____

Réf. : Tesson/Tesson

PM/JT

Monsieur,

Votre frère, Monsieur Vincent Tesson, dont je suis
le conseil, me transmet un dossier laissant apparaître
un litige à votre encontre.

D'après les pièces en ma possession, il apparaît
que vous êtes l'auteur d'un texte provisoirement intitulé *Tout sur mon frère,* à paraître au mois de septembre 2003 aux éditions Grasset.

Or, ce texte contient plusieurs atteintes à la vie
privée de mon client.

Vous vous permettez ainsi de décrire la vie conjugale et extraconjugale de mon client et de dévoiler la
double vie de son père, décédé au mois d'octobre
2002, en les désignant nommément alors que vous
vous étiez engagé à ne les présenter que sous leurs
initiales.

C'est ainsi que vous portez atteinte à la vie privée de mon client dans les passages suivants :

Page 14 : « Pendant des mois j'avais mené une double vie. »

Page 14–15 : « J'étais un polygame contrarié, bientôt père. »

Page 15 : « Ma femme était enceinte de trois mois. »

Page 189 : « (...) j'étais là, face à lui, lui demandant d'interrompre la grossesse d'Alicia ».

Vous dévoilez notamment le salaire ainsi que l'adresse personnelle et professionnelle de Monsieur Vincent Tesson. Vous écrivez aussi qu'il menait plusieurs liaisons adultères, qu'il était fétichiste, etc.

Or, ces propos constituent des atteintes à la vie privée au sens de l'article 9 du Code civil, au terme duquel :

« Chacun a droit au respect de sa vie privée. Les juges peuvent, sans préjudice de la réparation du dommage subi, prescrire toutes mesures, telle que séquestre, saisie et autres, propres à empêcher ou faire cesser une atteinte à l'intimité de la vie privée ; ces mesures peuvent, s'il y a urgence, être ordonnées en référé. »

Ainsi, la jurisprudence a-t-elle considéré qu'étaient justifiées la saisie totale et l'interdiction de la vente et de la diffusion d'un livre contenant le récit de la vie conjugale, du divorce et des rapports après divorce d'un couple, l'atteinte grave et insupportable à l'intimité de la vie privée se poursuivant tout au long de l'ouvrage.

En l'espèce, l'atteinte portée à la vie privée de mon client présente un caractère intolérable.

En outre, vous confondez sciemment des faits avérés et des situations imaginaires. Ainsi, peut-on lire :

Page 146 : « Je voulais tout savoir de lui. »

Or, Monsieur Vincent Tesson n'a jamais engagé de détective privé pour vous faire suivre ni même obtenu des renseignements sur votre vie privée de quelque moyen que ce soit.

Par ailleurs, votre texte contient des propos diffamatoires et porte atteinte à l'honneur et à la réputation de mon client.

Ainsi, lorsque vous écrivez que mon client aurait eu recours aux services de call-girls.

Lorsque vous prétendez que ce dernier serait fétichiste, ce que dément mon client.

Enfin, il apparaît que les affirmations portant atteinte à la vie privée ainsi que les propos diffamatoires contenus dans le texte litigieux font suite à la publication de passages gravement diffamatoires à l'encontre de mon client dans vos deux précédents ouvrages intitulés *Le Tribunal conjugal* et *Le Tribunal familial* et révèlent ainsi un véritable acharnement de votre part à l'encontre de Monsieur Vincent Tesson.

C'est pourquoi je vous mets en demeure de modifier les noms et prénoms des personnages de votre livre avant toute mise à disposition du public ou, comme vous avez été dans l'obligation de le faire dans vos précédents livres, de ne préciser que les initiales de vos personnages.

Dans le cas où vous refuseriez ces modifications, vous vous exposeriez à la saisie de l'ouvrage litigieux.

Vous devez, de ce fait, considérer cette lettre comme une mise en demeure de nature à faire courir tous délais, intérêts et autres conséquences que la loi et les tribunaux y attachent.

Conformément aux règles déontologiques régissant mon ordre, je reste par ailleurs à la disposition de votre conseil pour tout entretien qu'il pourrait souhaiter avoir.

Je vous prie d'agréer, Monsieur, l'expression de mes salutations distinguées.

Paul Millet,

Avocat à la Cour.

Maître Paul Millet
28, rue de Ponthieu
75008 Paris

Le 20 avril 2003

Réf. : Tesson/Tesson

VB/TT

Cher Confrère,

Mon client, Monsieur Arno Tesson, m'a transmis votre correspondance en date du 12 avril 2003. Il me demande de vous informer qu'il n'apportera aucune modification à son livre intitulé *Tout sur mon frère* à paraître aux éditions Grasset.

Il s'engage toutefois à publier son texte sous un pseudonyme.

Je vous prie d'agréer, Cher Confrère, l'expression de mes salutations distinguées.

Victor Breton,

Avocat à la Cour.

TERMES FINANCIERS

Back office : traitement administratif des ordres de Bourse.

Broker : courtier.

Checker : vérifier les conditions auxquelles on est prêt à traiter.

Compliance officer : déontologue.

Hedge funds : fonds d'investissement spéculatifs.

Mark to market : évaluation de certains actifs financiers à la valeur du marché.

OAT : Obligations Assimilables du Trésor. Emprunt d'Etat français.

P&L (account) Profit and Loss — (Compte de) Pertes et Profits.

Risk management : bureau chargé de la gestion des risques.

Trader : opérateur de marchés financiers.

Du même auteur :

POUR LE PIRE, *roman*, Plon, 2000 ; Pocket, 2002.
INTERDIT, *roman*, Plon, 2001 ; Pocket, 2003.
DU SEXE FÉMININ, *roman*, Plon, 2002.

Composition réalisée par JOUVE

IMPRIMÉ EN ESPAGNE PAR LIBERDUPLEX
Barcelone
Dépôt légal Éditeur : 53450-02/2005
Édition 01
LIBRAIRIE GÉNÉRALE FRANÇAISE - 31, rue de Fleurus - 75278 Paris Cedex 06.

ISBN : 2 - 253 - 11239 - 9   ◈ 31/1239/8